U0131539

〔韩〕白秀麟 著　〔韩〕朱贞儿 绘

杨　佩 译

오늘 밤은 사라지지 말아요

不要在今夜消失

台海出版社

作者的话

几天来，我一直对人们说"下个月会出新书"，但是定神一想才发现，新书出版是在"这个月"，而不是"下个月"，顿时吓了一跳。我从小就经常丢东西，小到文具、头绳，大到钱包，甚至还有合同这样重要的物件。而最近，仔细想想，我丢失最多的东西好像是时间。

我们总是忙碌地向前奔走着，突然停下来回望时，才恍然大悟那些被遗失的事物有多美好。曾经无所畏惧地勾起手指、信誓旦旦地许下的纯真的约定；彼此对明天总是抱有的无限肯定和信任；像肥皂泡一样虚幻却美丽的梦想；还有那不经意间的彼此触碰……这些让我们轻易感到羞涩和怀念的时光，现在都到哪里去了呢？

这本短篇小说集中的主人公都是普通人。他们没有时间去倾听自己内心的声音，去窥探自己内心深处真正的想法，甚至连自己正在遗失什么都不知道，就这样浑浑噩噩地过着平凡的每一天。也许我想做的，正是替他们描绘心灵的风景。即使过了今晚就消失得无影无踪，我也要用语言抓住此刻确实存在的一切蛛丝马迹，记录那些如茧一般在坚硬的心灵外壳下发生的、细微但又起着决定性作用的瞬间。

长期以来，我一直认为我的小说创作与"用语言作画"非常相似。每每看到我用语言创作的"画作"成为真正的画作，我都会激动无比——这简直是比我想象中更精彩的事情。感谢插画师朱贞儿为我的故事绘制了美丽的插图；感谢"心灵漫步"和我一起，将一篇篇短篇小说汇集为一本书。如果不是"心灵漫步"不断鼓励着我这个懒惰的作家，这本书绝对不会在今年结束之前就出版面世。想对无论何时都给予我力量的朋友及家人们，还有最重要的、这本书的读者们说：我知道，我会对琐碎的事情感到绝望，容易灰心丧气。但是，正因为你们总是给我带来明亮的光芒，我才能在这光芒的照耀下，继续把小说写下去。

白秀麟

2019 年深秋　某日凌晨

目录

透过舷窗一样的小窗户，

有一束光擦肩而过，

他们好不容易才看清彼此的表情。

美好的一天

　　烈日当头的正午时分，海边的人寥寥无几。一阵微风拂过，海面上波光粼粼，犹如无数条银蛇在游动。沙滩也在阳光的照射下呈现出耀眼的金黄色。为了躲避正午阳光的直射，她寻得了一个有遮阳伞的绝佳位置，从包里掏出防晒霜。

　　此时，孩子们眼中只有平日不常见到的大海和能堆起城堡的沙滩，她们恨不得马上跳进海里嬉戏玩耍，却被她一把抓住。她开始给孩子们涂防晒霜：拎起她们肩上的泳衣带，把防晒霜细致地涂遍了她们的全身。孩子们晒得就像当地人一样，那被太阳晒得黝黑的皮肤，如同刚出炉的、热乎乎的面包，散发着浓浓的香味。

孩子们只顾着互相嬉戏打闹，一点也不好好配合。相差一岁的两个女儿关系非常要好。"Noway."大女儿不知道说了些什么，惹得小女儿大声喊叫起来，随后又嘻嘻地笑了。她已记不清孩子们从什么时候开始用英语和她说话。曾经，一句英语也不会的孩子们，如今已经可以用英语自如地对话了，比她说得还要流利。她们经常童言无忌地指出她错误的发音或生硬的表达方式。当听到她说防晒霜都涂好了，便一溜烟地跑掉了。曾几何时，孩子们总是拥向她的怀抱，如今她却只能对着她们的后脑勺大喊："不要跑得太远啊。"

她意识到男人的存在，是在孩子们用沙子堆起像模像样的城堡时。

她并不想下海游泳，只想悠闲地享受海边的宁静，所以她不像孩子们那样穿着泳装，而是穿着长达脚踝的连衣裙。她可不想被日光晒黑，于是将露在外面的脚、脖子、胳膊等部位都非常仔细地涂满了防晒霜，便舒服地躺在遮阳伞下的长椅上看书。大学时代的她，还曾研究并撰写过关于简·奥斯丁的论文，而如今，由于身兼育儿和照顾全家生活的职责，她每日只能翻看着介绍既简单又有营养的美食菜谱或者育儿图书消磨时光。

由于丈夫的工作需要，他们举家来到这个陌生的国家已经好多年了。虽然已经基本习惯了这里的生活方式，但在饮食方面，丈夫依旧没能摆脱故乡的口味。与丈夫相反，孩子们早已习惯了新国家的食物，所以要想找到能同时满足丈夫与孩子们的口味的食谱并非易事。

那天，她正在看用花蟹做油炸食品的方法，却突然感受到了来自某人的视线，她猛地抬起了头——视线的主人正是旁边遮阳伞下的男人，不知道从什么时候开始他就已经在那里了。男人视线所及之处，是她从裙角露出的脚和脚踝。脚背露在遮阳伞投下的阴影外，白得闪闪发光。她悄悄地放下毛巾盖住脚背。虽然不想让那个男人感到不快，但是让陌生人看到自己的赤脚，总是觉得很难为情。

短暂地被男人的视线打断后，她试图将注意力重新集中到书上。看着书上描述的花蟹的烹饪流程，她想到孩子们都很喜欢外壳坚硬的花蟹，准备用这种花蟹做油炸食品给孩子们吃。但是读了没几页再抬头时，她察觉到那个男人不知从什么时候开始，又在盯着自己露在毛巾外的脚。她顿时感到非常惊慌：那个人到底为什么一直盯着我的脚看呢？虽然也曾在鞋店里听到别人夸赞自己的脚很漂亮，但事实上只是他们为了卖出鞋子所说的场面话而已，自己的脚并没有什么特别之处。

因为受到了男人奇怪的关注，她也开始好奇男人是个什么样的人。于是她微微抬起头，准备悄悄打量他。没想到，此刻男人也正在看着她。就这样，她与男人四目相对。男人望着她，嘴角上扬，轻轻地笑了起来。

"失礼了，您的脚太美丽了。"男人分明是这样说的。

"啊？没有啦。"

她看似若无其事、毫不在意地这样回答了男人，但是男人的赞美，无疑像是在她心上投掷了一颗石子一样，掀起她内心的浪花。"去除花蟹的水分后，将淀粉倒入蛋清中搅拌，然后给花蟹穿上油炸的'外衣'。"——她不禁笑了笑，把目光又转回到了菜谱上。

　　"太美丽了。"她反复咀嚼着刚才男人说的话。"我的脚很美吗？"她突然想在不被男人察觉的情况下偷瞄一下自己的脚。每天涂着护肤霜、穿着袜子，她从来都没仔细观察过自己的双脚，以至于都不太清楚自己的脚长什么样子。那个男人是特别执着于人的脚吗？电影或小说里经常会出现这样的男人，他们近乎崇拜地爱着他人的脚。可现实中这样的男人真的存在吗？对她来说，她的丈夫是她的第一个男人。除了执着于正常的体位外，他并没有其他怪癖。所以又岂会是疯狂迷恋什么东西、有特殊欲望的人呢？每当在电影或电视剧中看到有特殊癖好的人物时，她都会感到莫名的恐惧。但是此刻斜躺在旁边的男人看起来是那样的正常。

"你是从哪个国家来的呢？"再次对视时，男人问她。

听到她的回答后，男人说："虽然一次都没去过，但是听说那是一个很有魅力的国家。"这显然是对她的国家不了解的人说的一句客套话而已。

她点了点头，又把头转向书上，但是眼里再也看不进任何文字了。"太美丽了。"他分明是这样说的。乍看上去，他长得并不算很帅——颧骨很大，嘴唇也厚，却是一张莫名会让人产生好感的脸，而且脸上总是带着亲切热情的笑容。

"在滚烫的油里放入裹上油炸'外衣'的花蟹。"印着这行文字的书页上隐约可见她的发丝随风晃动的浅影。抬起头来，出现在眼前的是荡漾着波涛的、一望无尽的大海。空荡荡的天空中没有一片云彩，椰子树耸入蓝天，背靠着蓝宝石色的大熔炉，在风中摇曳。她每次带孩子来海边时都肯定会看到这样的景象。

"唉……"她低声叹息。哪还有什么美丽？她惊讶于自己在别人眼里看起来依旧美丽。就像在电影或小说中看到的那样，她的脑海里浮现出男人跪在她的脚下亲吻她的场景。眼前的男人非常爱惜地用双手捧起女人的脚，真情实意地在脚背上吻了下去。回到现实中，为了避免尴尬，她把用来挡住脚的毛巾轻轻往上拉了拉。

"你为什么来这儿？"再次四目相对时，她向男人提问。这是她结婚以后第一次主动和陌生男人搭话。

男人说他在大学里教授戏剧，此行是来度假的。

"我写过关于简·奥斯丁的论文！"她高兴地欠起了身。

于是男人和她围绕 19 世纪的英国文学展开了简短的对话。他们的对话在你一言我一语的你来我往中渐入佳境，此时男人也站起身，他们一边聊着文学，一边漫步在海边，相谈其欢。孩子们依旧认真地在用沙子堆砌着城堡，在城墙上建造一座没有屋顶的塔楼。海浪从远处奔腾而来，又急速地落下去，起起落落的海浪不断地将沙子带进凉鞋里，感到硌脚的她只好脱掉鞋子拿在手中，赤脚在海边慢走。每走一步，裸露的脚掌就会感受到沙粒的滚烫。不一会儿，孩子们就向她跑来，大声喊着城堡已经建好了。

"真是座漂亮的城堡啊！"

那真是一座漂亮的城堡。城堡有高高的塔楼和坚固的城墙。孩子们就像啄食的鸟宝宝一样，迫切地想从妈妈那里得到称赞。她鼓掌称赞着孩子们的城堡，随后抖了抖孩子们身上的沙子，领着她们回家了。

在很长一段时间里，孩子们经常谈论起那一天。总是问："那天爸爸为什么没在我们身边呢？"还会提到她们建造的那座漂亮的城堡。那天在回家的路上她给孩子们买了冰激凌，她们非常喜欢吃放了巧克力片的冰激凌。两个孩子中，不知是谁说了句："It was a fine day."

"是啊，那真是美好的一天。" 她也随声附和。

那天，的确是美好的一天。可连她自己都无法解释那一天究竟和其他平淡无奇的日子有什么不同，所以她也没向任何人提起过那天的经历。但是，每当她擦护肤霜时，或是为了剪脚趾甲脱下袜子露出被太阳晒黑的脚背时，就会想起那天轻拍在脸上的、掺入盐分的海风，变得黏糊糊的嘴唇，脚掌上滚烫的热沙，还有那由蓝天碧海携手绘制的动人图画。随着时间的流逝，随着生活日复一日地继续，那个偶遇的男人，那场不经意间的对话，那份心中的悸动，那看似特殊却又平凡的一天，都渐渐消失在她的脑海中。

我们接吻吗？

他下午要去离家不远的超市购物，在运动服外面披了件夹克便出门了。昨晚是他值班，因此今日才有闲暇去偷个懒儿。家门口是一条下坡路，要去超市，必须经过坡下的近邻公园。

到达近邻公园时，他发现公园里的树叶都被染成了红色和黄色。不知不觉中，一年又要悄无声息地过去了。从什么时候开始，周围已经一派秋天的景象了呢？也曾有过因为看不到一天的尽头而感到寂寞无聊的时候，这样下去，今年年末会不会又要独自一人度过了呢？自从前几天因为一点琐事和爱人吵架之后，他们一直处于冷战的状态中，他忽视了和爱人的所有联系。这就是恋爱中的倦怠期吗？不知从何时起，他开始讨厌爱人的各种行为：每次喝汤时她都会发出呼噜噜的声音；镜片上沾满了手指纹却也从来不知道擦一擦，还继续戴着那副眼镜；钱包里的各种收据也不整理，就那样随意乱塞乱放着。这一切都让他感到非常厌烦。

秋高气爽，风轻云淡，上午附近幼儿园里的孩子们上课，周围总是闹哄哄的，但每到下午就会恢复宁静，特别是下午的近邻公园，因为入园的人寥寥无几，所以就显得更加冷冷清清。公园的面积不大，里面只放置了几样运动器材，以及滑梯、长椅，入口处还有一个大亭子。微风拂过，树上红红黄黄的叶子犹如雪花一般簌簌地飘落下来——平静的午后。

"看看这里，怎么样？"

男孩儿牵着女孩儿的手走进了近邻公园。

"哇，好漂亮啊！"女孩儿连连发出赞叹声。

她从未见过如此耀眼的光芒。光线在空中形成了彩色的波纹，眼前的风景是那样的神奇和绚丽。女孩儿刚搬来没几个月，对小区周围的环境还不是很熟悉。因为女孩儿唯一的家人——父亲离职了，所以他们才搬来这里。无论是住在以前的小区，还是现在的新小区，父亲总是凌晨上班，深夜才回家。只能留女孩儿独自一人待在空荡荡的房子里，她时常感到孤独又害怕。于是，不想独自待在家的女孩儿从上中学开始，就经常和朋友们一直玩到深夜。即使来到转学后的高中，她也只结交可以陪她一起玩到很晚的朋友，整个暑假都和他们一起在河堤路上喝烧酒消磨时光，要么就是和附近高中的男生一起去投币 KTV 里玩。

仲夏里的一天，女孩儿遇到了男孩儿。这个与自己同岁的男孩儿，虽然额头上满是青春痘，笑起来却会露出俏皮的虎牙，细看起来倒也算不上很帅。但在女孩儿的眼里，无论是男孩儿的虎牙，还是为了见她气喘吁吁跑来的样子，又或是当她挽着男孩儿的胳膊时他那瞬间变红的耳朵……这一切在女孩儿眼里都显得非常可爱。

女孩儿和男孩儿已经交往两个月了。两人每天都会随时随地互发信息，分享学校里发生的点滴小事，放学后马上就会黏在一起，走到哪儿都形影不离。到了深夜即将分开时，男孩儿还会在女孩儿家门口的电线杆下轻轻地亲吻女孩儿的脸颊。每当那时，女孩儿的心里便小鹿乱撞，紧张得不知如何是好，脸也瞬间变得火热起来。自从和男孩儿交往后，对自己关怀备至的男孩儿给女孩儿带来了温暖，她再也不觉得自己是孤单一人了。即便与男孩儿分开，回到那空无一人、漆黑冰冷的家里，她也不再感到害怕。因为她知道，只要自己需要男孩儿，男孩儿就会马上出现在自己的眼前。

"这首歌好听吗？"

坐在亭子里的女孩儿，从手机里存放的音乐中挑选了一首播放给男孩儿听。

男孩儿脱下鞋子爬上亭子，从后面搂住女孩的背，点了点头。

"非常好听。"

正如女孩儿喜欢男孩儿一样，男孩儿也非常喜欢女孩儿。男孩儿心里想着：今天一定要正式地接吻。男孩儿曾在无数个夜晚想象着女孩儿的舌头和自己的舌头交织在一起、牙齿彼此碰撞时，是什么样的感觉，但至今一直未能付诸实施。因为每当他要吻女孩儿的时候，总会因为一些大大小小的事情而受到阻碍，比如突然下起的雨、突然从胡同里蹿出来的小猫等。

逛完超市，男人在回家的路上再次经过近邻公园。此时，耳边忽然传来一阵音乐声，打破了公园里原有的寂静。与眼前静谧的秋景十分不协调的轻快旋律，瞬间吸引他把头转向音乐传来的方向——依旧是那对男女，看起来也就高中一二年级的样子，他们并未穿校服，而是穿着便服坐在亭子的末端，随着手机里传出的音乐声，附和着节奏点着头。女孩儿被男孩儿拥入怀中，正在笔记本上胡乱地涂鸦，突然被男孩儿的话逗得咯咯笑起来。都是年轻的孩子啊！他不以为意地转过头来，继续在公园里穿行。当经过亭子前面的时候，他终于知道那句让女孩儿咯咯笑的话是什么了。

"我们来接吻吗？"

男孩儿缠着女孩儿，女孩儿每次都微微抽身说"不要"，随后便笑起来。女孩儿的笑声和每次轻轻挪动时因裙了上扬而露出的白皙大腿，都让他感到非常不安。他开始故意放慢脚步，侧耳倾听两个孩子间的对话。"现在让孩子们各自回家还不晚吧？如果女孩儿说'讨厌'的话，就应该是真的是讨厌吧？我是不是应该让男孩儿放开她呢？"虽然男人心里这么想，但是现在倒也没出什么大事，万一说了之后，被人家说多管闲事怎么办呢？

但是他也不能装作什么都不知道就这样走掉，出于长辈的责任心，他决定停下脚步再观察一会儿。于是他来到

亭子旁边的运动器械区域，把刚在超市购物用的塑料袋挂在器械上，假装做着伸展运动，以便偷偷注视孩子们。

"吻一下吧。"注意力都在女孩儿身上的男孩儿，并没有注意到男人的存在，只是继续一个劲儿地磨着女孩儿。

女孩儿摇了摇头。

"为什么？为什么呢？因为你可爱漂亮，我才想亲一下。"女孩儿转过头来，男孩儿顺势捧起女孩儿的脸颊说。

当胖嘟嘟的脸颊被捧住后，女孩儿静静待了一会儿，腼腆地说道："那个……其实我一次都没吻过。"

"一次都没吻过吗？"男孩儿惊讶地问道。

女孩儿点了点头，"所以我有些害怕。咱们以后再亲吻不行吗？"

　　男人好奇男孩儿有什么反应，一边假装做着无关紧要的动作，一边偷听他们的对话。

　　短暂地思考过后，男孩儿说："啊，因为没亲过所以害怕啊……"随后紧紧地将女孩儿抱在怀中，"虽然这不是件可怕的事，但是我能理解你，等以后你不害怕的时候再说吧。"

　　岁月如梭，如果将来有那么一天，正午的阳光透过窗帘的缝隙洒进公寓的小房间里，他和爱人犹如室温下的冰激凌，正在阳光的照射下甜蜜地融化，这时他再向爱人讲起今天这个关于男孩儿和女孩儿的故事，她一定会这么问："所以那天你是因为看到了孩子们，触景生情，才给我打电话的吗？"

那么，那天到底是什么突然激起了他给爱人打电话的冲动呢？也许永远也不会知道了，但不管怎样，那天他还是拨通了爱人的电话。不是想要提出分手，而是想要告诉她，他有多么爱她。她那细小而灵动的眼睛、低沉的声音，还有微笑时挂在鼻梁上的三条皱纹，都让他神魂颠倒、为之倾心。不仅如此，他还向爱人吐露心声——在他那满是不幸的人生中，能够与爱人相遇、相知、相爱，是他此生最大的幸运。

无从知晓电话里讲的有多少是真心话，因为可以肯定的是，随着岁月的流逝，他又会对爱人无休止的唠叨感到讨厌，对她总是比约定时间迟到十分钟的坏毛病感到不耐烦，对每次因为家庭琐事闹别扭时她那冷战不沟通的态度感到万分生气……可是这一切，都在他打通电话的那一瞬间，变得无关紧要了。

电话那头，爱人笑着问道："这是怎么了？为什么突然打电话？"

此时，男孩儿和女孩儿拥抱着彼此，充满爱意地十指相扣，跟随音乐的节奏再次微微点着头。男人则倚靠在运动器械上，看着男孩儿和女孩儿甜蜜可爱的模样，在电话这头回答："没什么。"

不知从哪里刮来一阵风，五颜六色的叶子犹如春天的花瓣一般在空中自在地飞舞。在这个深秋的午后，在懵懂爱情的衬托下，空中弥漫着沁人的花香，芬芳四溢。

完美的假期

"去机场吗？"

第一次听到镇宇的提议时，朱熙觉得他就像个傻瓜。在烈日炎炎的七月，创纪录的高温天气仍在持续。因为担心家中持续走高的电费，朱熙和镇宇约定只在睡觉的时候开空调，因此不开空调时家里就如同蒸笼一般，让人汗流浃背。

虽然一个小时前刚洗完澡，但身体的干爽并没有持续很久，现在朱熙已经再次感受到汗水湿透了衣背，T恤紧紧贴在身上，黏黏糊糊。

"去机场？"朱熙感到很惊讶。

对朱熙来讲，机场就和长途客运站或火车站一样，只是人们去某个地方或从某个地方回来时暂时经过的场所，他们在今年夏天并没有计划要动身去任何地方。

从现在居住的小区出发，乘坐机场铁路不到二十分钟就能到达机场。交通便利是小区的一大优势。刚搬到这个小区的时候，小区居民还对朱熙说过，住在这个小区，以后出去旅行会非常方便。但是她在过去的两年时间里从未享受过这一优势，换句话说，她从未踏足过机场。镇宇曾说过，在还清全租贷款[①]之前，先暂时克制一下旅行的想法会不会更好呢？他的眼神中流露出担心朱熙听完他的话后会感到失落的神情。

---

① 全租贷款：这是一种将住宅的部分价格作为保证金交给房东，租住其住宅，在合同期满后返还保证金的住宅租赁类型，租住期间每月不缴纳月租，所以与月租有所区别。

事实上，朱熙一点也不介意，反而认为镇宇的想法非常正确。大学毕业后，她曾和情投意合的朋友们一起去过冲绳，和镇宇在一起的第一年也去过济州岛旅游。其实朱熙本身并不太喜欢外出旅行。因为为了安排旅程，要不厌其烦地寻找合适的住宿地点和相对便利的交通工具；要一直翻看旅行手册，从里面选出值得一去的景点，不仅如此，还要不断地在更换住宿地点的过程中打包行李……有时，仅仅为了留下一张观光照片，便要在阶梯上拖着沉重的行李上上下下，或者在尚未铺好的颠簸的路上走来走去。这一切对朱熙来讲都是毫无意义的痛苦时刻。与旅行途中感受到的辛苦和疲惫相比，获得的快乐感简直微乎其微。

　　在如今这个时代，仿佛旅行次数就能决定生活质量。朋友们争先恐后地积攒年假外出旅行，并在 SNS 上记录旅行中发生的点点滴滴，比起享受旅行的过程，他们似乎更热衷于在社交平台上传旅游景点的照片，以此来博取朋友们羡慕的目光。似乎只要看了他们的 SNS，就能知道他们都去了哪里。作为伴手礼，朋友们会购买国外品牌的润唇膏、便携包装的橄榄油，还有散发着独特香味的饼干等，待旅行结束后带回来分发给朋友们，并绘声绘色地向大家讲述旅行见闻和趣事。

朱熙很感谢朋友和同事们带回来的大大小小的礼物，并在他们上传的 SNS 照片下面点赞。但是朱熙认为，与其把本就不多的休假用旅行的方式浪费掉，倒不如在家里舒舒服服地睡个懒觉，或者下载之前因为繁忙的工作而没能看成的电影，这些总比旅行来得要惬意。平时加班的时候动不动就用便利店里的便当、紫菜包饭等速食充当晚饭，现在为了自己的身体健康，她可以利用休假的时间下功夫准备每天的晚餐。这就是朱熙心中的完美假期，也正是她和镇宇彼此约定时间一起休假、但又不制订外出计划的真正原因。

尽管没想到持续的高温天气会毁掉他们预想的假期安排，但是当镇宇提到"机场"时，这个词语听起来是那样陌生。朱熙一脸"说的是什么话"的表情，看着光着膀子、正在转动真空吸尘器的镇宇。

"再这样下去就要被蒸死了！"

眼前的镇宇就像马上要融化的冰激凌一样，豆大的汗珠从脸上滴下来，身上也大汗淋漓。

包里装上笔记本电脑、充电器、耳机等必备物品，他们起身前往机场。

正如镇宇所说，这里才是真正的避暑胜地。机场里开着空调，让人瞬间觉得神清气爽，一下子就打起了精神。随处可见的餐馆和咖啡厅，正是消磨时间的好地方。他们在机场里的越南餐厅吃了米线，随后又来到咖啡店的一角各自掏出了笔记本电脑。镇宇在看 YouTube，朱熙则在随意浏览网站，或是下载喜欢的电影观看。他们决定到了晚饭时间就去其他餐厅，吃过晚饭后再回家。朱熙感到空调的凉气从手臂上掠过，想着恐怕剩下的假期每天都要在机场里度过了，那么下次来的时候包里要装上一件小开衫，还要装上心仪的小说和电影杂志来消磨时间。虽然机场里频繁的人员流动和时而不和谐的噪声会让人感到些许不

适，但是对于朱熙来讲，不用在蒸笼里大汗淋漓，可以舒服地做自己想做的事情，已经是无比美好的假期了。朱熙佩服能够想到来机场避暑的镇宇，夸他真是绝顶聪明。

镇宇目不转睛地盯着 YouTube，对于朱熙的称赞，沾沾自喜道："我就是这么聪明。"

听到镇宇的自夸自赞，朱熙扑哧一下笑出声，再次将视线转向笔记本电脑。

镇宇突然暂停了 YouTube 的视频说道："出报道了。"

报道中称，为了躲避酷暑，有很多老年人整天反复坐地铁，或者坐地铁到机场。

镇宇咧嘴一笑说："这是我先想到的点子。"又按下播放键，继续播放 YouTube。

乘坐地铁的老人们在始发站到终点站间不停地往返。

报道中的老人们让朱熙想起了不久前从朋友那里听到的一个故事。朋友有孕在身，每天从京畿道的一个城市到首尔市中心上班。有一天，也是唯一的一次，朋友因为疲劳在老人席上眯了一会儿，一位身穿登山服的老人一屁股坐在了即将临盆的朋友的膝盖上。

"居然会有这种事？"听了这件事，朱熙非常吃惊地问朋友。她非常愤怒地斥责道，"为什么要在这个对孕妇毫无关怀的国家里生孩子呢？"朋友说，地铁门一打开她就马上跑出去哭着给丈夫打电话，心里非常委屈。朱熙也心痛至极：那不是应该举报他性骚扰吗？

虽然这件事令人难以置信，但是一想到有时在地铁里遇到的一些老人，朱熙就觉得这件事也并非不可能发生。有些年轻人称那些道德低下的老年人为"反动者"。他们倚老卖老，毫无礼貌地随意对待年轻人，尤其是女性，只想用不良的居心来证明自己的威严。但是直到朱熙和朋友分开回到家为止，她都没有对任何人吐露这些话，其实这都源于她内心的恐惧——害怕自己的父亲可能也会变成那样的老人的恐惧。朱熙知道，不知从何时起，父亲已经开始参加某些集会了。因为每当新闻里播报有关"同性恋者"或者难民的新闻，上了年纪的父亲就会对此发表自己极为厌恶此类事情的言论。

"现在的孩子们，从很小的时候起就已经坐着飞机到处飞了。而我上大学之前去过最远的地方只是釜山。"

镇宇的话，再次把沉浸在思绪中的朱熙拉回现实中。顺着镇宇的视线望去，一对夫妇和两个看起来像是姐妹的小孩子正从眼前走过。孩子们穿着飘逸的连衣裙，看起来十分活泼漂亮。

"其实夏天我们全家主要在山上避暑，"镇宇用吸管喝了一口美式冰咖啡，接着说，"啊，我突然想起来了。还会去山上的小溪附近搭帐篷、玩水，之后再吃冰镇的西瓜。

"去那里的话，可以看到小溪里到处都是鱼儿游来游去，所以用鱼钩可以很轻松地抓到鱼。只要爸爸从包里掏出鱼篓，哥哥和我就会马上停止玩水，蹦蹦跳跳地跑到爸爸身边坐下，聚精会神地看着爸爸往鱼钩上挂鱼饵。如果抓到了鱼，妈妈就会给我们做炸鱼、煮辣鱼汤，那味道真是鲜美无比。"

不难看出，镇宇正陷入对往事的思念，他的目光越来越远，变得遥不可及。

镇宇说："奇怪吧？一提到'休假'，人们普遍马上会联想到马尔代夫或者巴厘岛那样的度假胜地，但如果是'避暑'，我首先想到的就是山涧的那些风景。"

"难道我们是停留在过去的人吗？"

听了朱熙的话，镇宇扑哧笑了，之后再次把视线转向YouTube。朱熙在网上书店点击着自己喜欢的作家的新书信息。就这样，两人虽然面对面地坐着，却做着各自喜欢的事情，互不打扰。

突然，一段已经被遗忘的往事浮现在朱熙的脑海。是束草，还是江陵？或许是骆山的海水浴场吧。

那是 1996 年的事情了。那时，朱熙才上小学五年级，妹妹上小学三年级。

"那样的儿时记忆我也有，虽然只有一次，但是我们一家人也曾带着帐篷一起去海边。"

镇宇仿佛听到朱熙突然开口说话，便把耳朵里的耳机摘掉了。

"嗯？你说什么？"

"我说我也有和家人们一起度假的记忆。"

那年夏天，朱熙全家第一次去东海，父亲在去旅行之前买了一辆新车，牌子是韩国现代 Santamo，车里的空间非常大，足足装下了一家四口游玩三天的行李。此前从未去过东海的朱熙，对此次旅行非常期待。虽然之前也去海边玩过，但是朱熙的家人们每次只是去离家较近的西海海水浴场玩。这次不是泥潭而是铺着白色沙子的海边，那里的风景一定非常迷人吧？朱熙简直不敢想象即将见到的东海究竟有多美。

他们的汽车沿着高速公路飞奔，一路奔向东海。透过窗户，阵阵夏风吹来，令人心情愉悦。全家人都沉浸在度假的喜悦中。朱熙和妹妹一会儿哼唱着动画片的主题曲，一会儿嬉闹地争抢着饼干，互相挠痒痒玩。车子就在她们打打闹闹的过程中到达了目的地。

眼前的大海比朱熙想象中的更加蔚蓝，更加壮丽，可能是因为心情的关系，东海比西海看起来更加广阔无边、一望无际。此时的朱熙其实早已做好了赞美眼前美景的准备。

"一到海水浴场，爸爸就开始在白色的沙滩上搭帐篷。我记得当时我们已经换好了泳衣，恨不得马上就下水，但是由于年纪太小又不会游泳，我们需要大人的陪伴。所以我们只能焦急地看着爸爸妈妈在搭建好的帐篷前面打开折叠式遮阳伞和塑料桌子。"

"我也知道那种折叠桌，我们家带的是绿色的塑料桌，非常土的草绿色。"

"嗯，我们家是蓝色的。"

镇宇和朱熙相视而笑。

"妈妈做饭的时候，我和妹妹牵着爸爸的手向海边走去。我和妹妹都戴了游泳帽，上面的图案是那种非常夸张显眼的假花，以至于到现在我都记得那顶帽子。因为那时我们都还不会游泳，就只能套着游泳圈在靠近岸边的、水比较浅的地方随着海浪漂浮着。"

"肯定非常可爱吧，小鬼朱熙。"镇宇伸出手捏了捏朱熙的脸颊。

那天，套在游泳圈中眺望的大海是多么的耀眼啊！波光粼粼，像钻石一般闪耀。抬头望去，柠檬一样的大太阳高高地挂在天空中，在白色沙滩的另一边，青松被带有海水味道的海风吹得左右摇曳。炙热的阳光把肩膀晒得火辣辣的。父亲一直待在海水及腰的区域，而旁边的大叔们则依靠出众的游泳实力顺着水势向更远的地方游去。

"爸爸你也去远处游吧，我们在这里等你。"

年幼的朱熙在游泳圈里催促着父亲，可是父亲摇了摇头，一直待在她们身边。难道父亲不会游泳吗？朱熙一直以来都认为父亲是世界上最强大的父亲，无所不能，但是每当看着别人的父亲都乘风破浪地向远处游去，朱熙心里就会非常失望。她暗暗地想：我的爸爸不可能不会游泳啊，只要爸爸展开双臂，肯定比别的爸爸游得更远，游得更精彩！

"玩了好一会儿，我和妹妹都累了，我们回到帐篷前吃饭。在我的记忆中，妈妈给我们准备了拉面、泡菜，好像还有五花肉。当然由于儿时的记忆已经太遥远了，可能有些错乱。总之正在我们享受美味的时候，外面突然下起了雨，于是我们急忙收拾东西躲进帐篷里。听着外面清脆的雨声，为什么躲在帐篷里的我们感到那样温馨和惬意呢？我小心翼翼地打开帐篷，偷看爸爸用小铁锹在帐篷周围挖小水沟。爸爸那被雨水打湿的肩膀，显得那样的宽广，他弯着身子挖小水沟的身影，又是那样的威风凛凛。在我眼中，爸爸的形象无论何时都是高大的。不一会儿爸爸就进到帐篷里来，和我们几个并排躺在帐篷里。我躺在爸爸旁边，妹妹躺在妈妈身边。外面的风雨似乎在渐渐平息，我把鼻子贴近爸爸的腋下，能闻到爸爸身上的海水味儿。"

朱熙讲述着小时候的故事，感到莫名的悲伤。这到底是一种什么样的情感呢？虽然镇宇无法感受到那样的情感，但还是在一旁静静地听朱熙继续回忆着。

"过了好一会儿，我睁开惺忪的睡眼，发现爸爸不在我的身边，而另一边的妈妈和妹妹还在睡梦中。我就一个人走出帐篷去找爸爸。"朱熙说。

雨过天晴后的海边，再次洒满了金黄色的阳光。抬头仰望，天空万里无云，宛如一幅展开的蔚蓝色画卷。如果不是沙滩上随处可见的水坑和被雨水冲刷过的、只剩残垣断壁的沙城，谁也不会想到，刚刚的海边还是一阵狂风暴雨。

　　为了找父亲，朱熙独自一人走在雨后风平浪静的海边。海岸一望无际，丝毫看不到父亲的身影，此情此景，就好像毫无预兆地被父亲丢弃了一样。讲到此处，陷入一种微妙情绪的朱熙眼中含着泪，马上就要哭出来了。

　　"就在那时，"朱熙说，"在远处靠近水平线的地方，我好像看到了爸爸从海水中露出的头。"

　　就连朱熙自己也不知道，她到底是怎么看出那是父亲的。但那确实就是父亲——三十多岁，年轻且活力四射，一生作为工薪阶层勤勤恳恳地生活，因为还有很多想做的事情、想要实现的梦想，所以彻夜难眠的父亲。父亲为了做生意辞去了工作，但仅仅一年后就遭遇了经济危机，很难想象在此后很长的一段时间里，犹如夏日般灿烂的父亲，一直遭到债主的追债。但父亲默默承受了这一切，丝毫没有让家人们察觉到他的艰辛。

不知从哪里传来了飞机延误的广播。镇宇伸出胳膊，把手放在朱熙那冰冷的手臂上，这时朱熙才意识到自己的脸色已经变得很不好看了。但是为了完整地讲完故事，她又接着说起来。

"即使是现在，那天发生的一切依旧历历在目。爸爸帅气地游着蝶泳，一会儿涌出水面，一会儿又被海水淹没。就是在那天，我独自一人，守望着爸爸渐渐远去的身影。"

在朱熙的记忆中，父亲被汹涌的波涛反复地向后推，但最终还是迎风破浪，勇敢地向前游去。即使被海浪无数次地拍打，也毫不退缩。他无数次地挥动着双臂，在大海中逆浪前行，就像什么都不怕一样。

凌晨的温度

　　她是好不容易才睡着的。再次睁开双眼之前，她梦见自己像鸟儿一样在空中展翅翱翔。她挥舞着翅膀，在纽约、波士顿、华盛顿和费城等大都市之间来回穿梭，但并不像想象中那样美妙。在梦里，她似乎是为了追逐着某人的后脑勺飞向天空的。与小时候梦见在天空中飞行时的心情不同，比起激动和刺激，高空中冰冷的大气拍打在脸上火辣辣的，让她非常痛苦。但是为了紧紧追上前面的人，她不能放慢速度，只能强忍着高速飞行带来的痛苦，不停地挥动着翅膀。在数千次的挥动下，感觉胳膊疼得都要断掉了。

真是一个让人异常疲惫的梦啊。从似梦非梦中醒来，看了看时间——那是十二月的一个凌晨，外面还是一片漆黑，伸手不见五指。在半夜或凌晨醒来对她来说早已是家常便饭，因为"失眠"这个朋友，多年来一直伴随着她。她不记得从什么时候开始，自己就已经无法轻易入睡了，即便是在偶尔早早上床休息的夜晚，也无法进入深度睡眠，周围发出的轻微声响也会把她惊醒。惊醒后，她也没有什么能让自己再度睡着的法子，只能静静地躺在黑暗中，紧闭双眼，以恳切的心情等待着能够再次入睡的时刻，就这样等待又等待。

小时候，每当在深夜醒来，躺在黑暗中，最让她害怕的莫过于挂在墙上的巨大钟表的秒针。因为秒针每摆动一下，就会发出"铛铛"的声音。在寂静的夜晚或凌晨，所有人都已沉沉睡去，所以秒针摆动的声音就显得格外怪异、刺耳，响彻整个房间。时间在一分一秒地过去，第二天还要上班，为了保证第二天工作时精力充沛，必须尽快入睡才行。可到底该怎么做才能睡着呢？她的内心非常焦急不安，但越是着急越是无法入睡，这种煎熬简直让她无法忍受。

怎么又醒了呢？她感到非常焦虑。是因为家里太冷了吗？她拉起被子，顺势将身体滚到被子的另一边。早知道就把暖气的温度再调高一点了，但是取暖费实在太贵了，如果想要多挣出取暖费的钱，就要在职场上忍受更多的侮辱和差耻。与其那样，还不如蜷缩着身子在寒冷中瑟瑟发抖着入睡，即使肩膀很冷，起码不需要时刻那么精神紧张。老板动不动就大声嚷嚷，嘲笑女人们没服过兵役，干不了活儿，每次聚餐时都让女职员们坐在大腹便便的男干部中间，令人非常厌恶。

为了入睡，她再次闭上眼睛，但她越努力，越觉得头脑无比清醒。身体和头部就像深深地沉入水中一般沉重，她不断地暗示自己现在还不能起床，还要再坚持一会儿，睡眠却渐渐消失在无论怎么伸手去抓都无法抓住的远方。就像手中的沙子一样，越是想用力握住，越是快速地从指缝间溜走。

入睡再次失败了吗？她绝望地重新睁开双眼，不知所措。四周一片漆黑，房间里依然十分冰冷。虽然起初在黑夜里什么也看不见，但过不了多大一会儿，她的瞳孔就习惯了黑暗。作为失眠专家，只要看到物体的轮廓，她就能够分辨出物体的形态，以及围绕着她的黑暗的色调和质感。有时黑暗能将恐惧激发成愤怒，有时也能激发出令人意想不到的浪漫。黎明前的黑暗，往往夹杂着一种东西，触动着内心深处的悲伤和忧郁。她一个人躺在床上，想起了很久很久以前，在夜幕降临的巷子里，她在寒风中瑟瑟发抖着祈祷妈妈下班快点回来的日子。那时妹妹还没出生，年幼的她坐在巷口小卖店的平床上，静静地等待着妈妈的出现。

妈妈见到她后训斥她："为什么跑出来？"

她知道妈妈是心疼年幼的自己独自坐在寒冷的巷子里等妈妈，所以虽然被骂了一顿，她见到妈妈还是马上就开心地笑了起来，灿烂的笑脸下，隐藏了因长时间的等待而产生的疲倦。爱就是这样，即使再苦再冷，只要心里有爱，我们就会感到温暖，脸上的笑容就会像花儿一样绽放。

　　想到这儿，她翻滚着身体，这次她向反方向转身，心里再次嘀咕着：不能再回想这些往事了，明天还要上班，再这样下去，肯定会耽误明天的工作。那样的话，金部长肯定会非常恶心地嘲笑自己说："宋小姐又没结婚，大晚上的到底在做什么啊？总是打着哈欠，看起来无精打采，似乎每天晚上都有很多事情要做。"她讨厌自己在受到这样的侮辱后，不但一言不发，还会像个傻瓜一样傻笑，然后又在回家的公交车上对自己的无能不停地自责。可是不管她做出怎样的努力，还是丝毫没有睡意，仍然辗转反侧无法入眠。不知不觉中，窗外好像渐渐变亮了，清晨的空气也渐渐凉了起来。

　　她心里想着，再这样下去就要被冻僵了。以前如果半夜醒来，身旁总会有人。小时候有妈妈，稍微长大一点后，有妹妹陪伴。就在不久之前，身旁还有偶尔说梦话、时不时喘着粗气的爱人。但是现在，她一个人躺在漆黑的深夜里，身旁空荡荡的，连个可以拥抱取暖的人都没有，只有

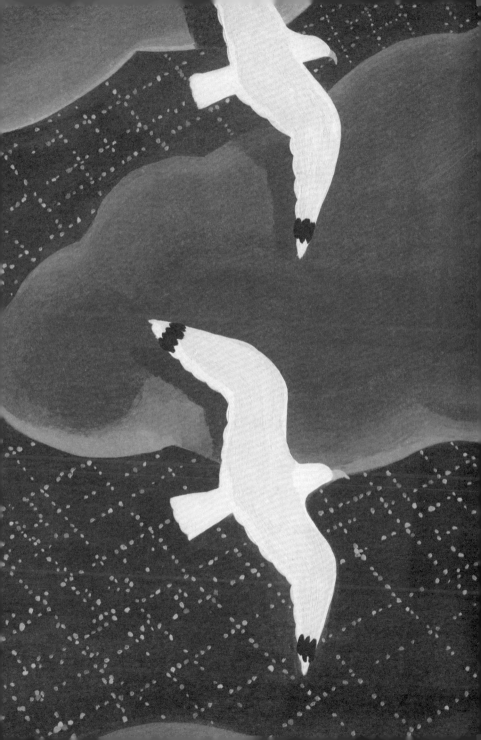

一只她最近在路边救助的、因找不到主人而意外地跟她住在了一起的老狗。耳边听到的只有外面的风声、不知从哪里传来的警报声，还有车轮声。

"我身边竟然连一个陪伴的人都没有……"想到这里，她不禁感到惆怅、凄凉。到底是哪里出了问题，导致自己如今只剩孤零零的一个人呢？她的脑中开始梳理自己的各种人际关系：亲情，友情，爱情……是不是因为自己那些无心说出的话语伤害了某人？是不是因为自己那些并非出自本意的行为给别人带来了误会？肯定是这些被自己搞砸的关系让自己身处孤单之中，形单影只。听说因为冰川逐渐融化，世界变得越来越冷，而她似乎也像从冰川中被分裂出来的冰块一样，从所有心怀爱意的关系中被分离出来，独自一人被推向寒冷的远方。

时间到底过了多久呢？沿着从北极地区被分离出来的冰川漂流了一段时间后，她那已被冻住的鼻子，似乎碰到了什么东西。是什么呢？它软乎乎的，暖融融的。迷迷糊糊地睁开眼睛，她看到的是不知何时已经靠近脸庞的那只老狗。这只狗几天以来都在房间外面睡觉，自从捡回来后，好像还没有和她建立起什么感情。老狗就像被抛弃的动物一样，寄人篱下，走来走去总要看看她的眼色，每次只在她下班回来的时候才会在她身边转来转去。就是这样一只狗，不知什么时候居然跳上了床，在她面前摇着尾巴，兴高采烈地舔着她的鼻子。

"哎呀，别这样。"

说着说着，她痒得笑了起来。她越想躲避，老狗越是积极地摇着尾巴，用鼻子不停地蹭着她的脸。

温暖的舌头，湿湿的鼻子，柔软的毛。

"停，快停下来。"

关于对明天的展望，她在悲观和怀疑之间不停地徘徊，就连下个月的取暖费通知书也依然令她忧心忡忡——真是个令人担忧的凌晨啊。她心想，我对这只狗一无所知，但是它坐在那里，好像在等待着什么——它望着我不停地摇着尾巴，在等待着什么呢？她犹豫了一会儿。是不是因为我的不成熟而伤害了那只狗呢？她有些担心。

外边实在太冷了，估计老狗是想靠近她取暖吧，于是她轻轻地掀开自己被窝的一角，让它能够进入这温暖的被子中。于是，老狗马上就钻了进来。对她来说，老狗可以分享她的温柔与热情，是个不计较得失的、温暖又无比柔软的存在。现在还是拂晓，老狗倚靠着她的胳膊，让她也感到无比温暖。她感受着胳膊上那颗小心脏的跳动，两个孤独的生命互相依偎，彼此取暖。

感受到了凌晨的温度，她终于进入梦乡。

春天里的动物园

一想到姐姐，我首先想到的就是一张照片。这张照片存放在相册里，我已记不清第一次看到这张照片是什么时候了。应该是初中或者高中吧？总之，我推测，这张照片拍摄于80年代初期，照片中有父亲、母亲、我，还有我的姐姐和妹妹。

在我的童年时期，这张照片是以我家的墙壁为背景拍摄的。照片中，父亲抱着刚出生不久的妹妹，母亲烫着和韩国小姐一样蓬松的头发，精心打扮着，望向前方，露出灿烂的笑容，而我则顶着西瓜头，紧紧地抓着母亲的裙角站着。六七岁的姐姐穿着天蓝色的水手服，站在我身边注视着镜头。墙对面的藤蔓玫瑰灿烂地盛开着，五个人看起来就像真正的一家人一样。然而第一次看到这张照片时，让我印象最深的是姐姐和我们之间似乎刻意保持的距离。肯定不会是有人特意指使的，但是照片中的姐姐确实站在距离我们两三步远的位置上。

在我三岁到六岁的这段时间里，由于大伯要去中东工作，姐姐一直住在我们家，和我们一起生活。在我的记忆中，大伯母从来没有出现过，因为在姐姐住进我家的前一年，大伯母在与癌症做了最后的斗争后去世了。我还依稀记得姐姐带着行李刚刚来到我家时的情景，那时我才三岁，还太小了，但是每当我回想起小时候，都能记得姐姐总是站在那里，一副比实际年龄稍显成熟的样子。

我给金刚鹦鹉标本的眼中装上假眼，用别针固定，让它做出表情。正在这时，我接到了久违的姐姐打来的电话。

就像大部分堂亲一样，我们平时并没有经常联系，以至于我都忘记了姐姐的电话号码一直储存在我的手机里。因此，当手机屏幕上出现姐姐的名字时，我首先担心的是家里出了什么事情。拿起电话，听到的不是担心的事情，反而是姐姐非常高兴的问候，我刚才紧绷的心情这才放松下来。姐姐在电话那头说，好不容易能来我工作的动物园游玩，想顺便看看我，所以给我打来了电话。姐姐说话的声音就像空气一样轻。她又说道，如果工作正忙或是溜出来需要看领导眼色的话，有机会下次再见面也好，千万不要有负担。

"没有什么特别的事情，就是来到动物园，突然想起了你。"

"我马上出去。"我看着长出了"眼睛"的金刚鹦鹉标本，向姐姐回复道。

我想着，除了逢年过节，或者亲戚间的红白喜事，我和姐姐最后一次见面是在什么时候呢？有过这样单独见面的时候吗？我把快要完成的金刚鹦鹉标本放进密封袋中封好，冷藏保管，然后将手洗得干干净净。

走出标本室，外面真像四月的下午。遍地洒落着金灿灿的阳光，到处都能听到清脆的鸟叫声和孩子们银铃般的笑声。姐姐穿着长度及膝的连衣裙，看上去有些瘦弱，她正在黑熊圈舍前面等着我。没见面的这段时间里，四十出头的姐姐，容颜看起来和实际年龄相近，随着时间的流逝，岁月悄悄在她脸上留下痕迹，姐姐看上去已不再年轻。但是看到我后，姐姐马上就开心地笑了起来，脸上瞬间浮现出少女才有的表情。

"姐姐，你怎么会到这里来？"

我也带着同样的喜悦走向了姐姐。我们在附近的小摊上各自买了一杯饮料。因为是在我工作的地方和姐姐见的面，理应由我来请客，但是姐姐比我更快速地掏出钱来递给摊贩。就这样，我们拿着她买的饮料，在动物园里慢慢地走着。

在郁郁葱葱的树丛中，到处都可以感受到动植物的生机勃勃。姐姐的脚步很缓慢，和好久不见的姐姐简单地寒暄过后，我们便尴尬得再也无话可说。曾经从母亲那里听说，姐姐在经历了几次流产之后，再也没能要上孩子，和姐夫两个人在离动物园不远的小城市里经营着一家小面馆，这就是我所知道的关于姐姐的全部信息。

"你不结婚吗？"我们经过长颈鹿区域的时候，姐姐突然问道。

"当然要结啊。"

其实我对结婚并没有什么想法，所以每当听到这样的问题时，我总是这样机械地回答。

"姐姐是有什么事吧？应该不是受到妈妈的委托说服我让我结婚才来的吧？"

身边没有朋友和姐夫，只有姐姐只身一人来动物园，着实有些奇怪。因为大部分来动物园的人们都是和家人或者恋人结伴出行。

"没什么，就是想看看动物，看看你，顺便散散心。"姐姐笑着，边用吸管吸着葡萄汁边说。

现在还有独自来动物园的人吗？喝着姐姐买的冰咖啡，我不禁边走边疑惑，姐姐肯定是有话要对我说，但是始终没说出此行的真正目的。

难道是需要钱吗？还是面馆经营得不好？想到这些，好不容易见到姐姐的喜悦心情一下子就消失殆尽了。可是姐姐明明什么话都没说，我却妄加推测姐姐是因为借钱来找我，突然对这样的自己感到有点寒心。但是对于不久前才勉强还清学费的我来说，这也是没有办法的事情。除了每月固定要缴纳的月租、公共费用和给父母的零用钱，实际上很难再存下钱来。在造纸厂工作的父亲退休后，父亲的种植牙费用和母亲的阑尾炎手术费用等突然增加了我的经济负担，所以，资金紧张的我真的是再也没有富余的钱

可以借出去了。

我非常焦急地等待着姐姐进入正题。但是姐姐真的像没有隐瞒任何事情的人一样，只是静静地喝着果汁，看着周围路过的人们那一张张天真烂漫的脸庞。我瞟了一眼时间。因为是在工作中暂时出来的，剥制工作还未结束的金刚鹦鹉标本还在冷藏室里等着我。

"英洙，你看那边。"姐姐指着动物园的花坛。

在复瓣樱花树下，人们铺开席子吃着便当。我立刻察觉到，在这人满为患的风景中，吸引姐姐目光的是坐在爸爸妈妈身边的垫子上、看起来像是三兄妹的孩子们。柠檬色席子的一角坐着像是上幼儿园的女孩儿和男孩儿，另一个比他们高出一头的女孩儿则低着头，正在和男孩儿窃窃私语，男孩儿连连点头。虽然姐姐没有说任何话，但是看着眼前的场景，我知道姐姐也和我一样想起了小时候我们一起去郊游的那个春天。

我六岁那年的春天，全家人一起去故乡附近的水库周边郊游。我们在垂着长长的柳条的水边，铺开了席子，坐在席子上开心地吃着妈妈精心给我们准备的便当。餐盒中的一个间格里，紫菜包饭和油豆腐寿司整整齐齐地排列着。另一个间格里则装着草莓和用糖腌制的西红柿。我之所以至今都还记得那次郊游，是因为那天我还没吃紫菜包饭就耍赖要吃草莓，结果被爸爸骂了。在我的记忆中，安慰那个因为被父亲训斥而哭得满脸通红的六岁小孩儿的人，不是为了照顾小儿子而忙得不可开交的母亲，反而是当时只有九岁的姐姐。

"英洙，你看着啊，现在那个男孩儿马上就要哭了。"正在观察孩子们的姐姐用开玩笑的语气说道。

果不其然，姐姐的话刚说出口不久，男孩儿就号啕大哭起来，哭得既愤怒又悲伤。其他家人看见男孩儿哭闹的样子，反而觉得他很可爱，大家便开始哄堂大笑。

"太可爱了吧！"

姐姐的视线无法从孩子身上移开，也跟着笑了起来。

"真可爱。"

看着男孩儿用手背擦着眼泪，嘴里嘟嘟囔囔地解释着什么的样子，我也跟着姐姐一起笑了。

"你刚才说你是做标本工作的吧？"

我们走了一段时间后，坐在火烈鸟舍附近的长椅上休息，此时姐姐问起了关于我工作的事。

"我以为你会继续从事美术行业呢。"

"嗯，我本来也这样想，但是美术不是不赚钱嘛。"

现在回想起来，当年我换专业后重新考上美术学院雕塑系时，最高兴的其实就是姐姐。大概是春节的时候吧，长辈们事先已经从我父母那儿得知了关于我考上美术学院的消息，一见到我就开始问："上了美术大学，以后要怎么养活自己呀?"一群人在那里围绕着我升学的话题唠叨不休。当我在大人们的唠叨中精疲力竭的时候,已经过了青春期、关系也渐渐疏远的姐姐缓缓向我走来,递给了我一份礼物——一本凡·高的复制品画集。

"剥制工作在某些方面和美术很相似。"我马上补充道。将发泡聚氨酯定型后制作的过程和雕塑类似,我经常能从中感受到乐趣。

"看到死去的动物,不害怕吗?"姐姐突然问道。

这是我从事这项工作以来听到的最多的问题。姐姐这一问让我想起了很久之前我接到兽医的通知,第一次去解剖室看动物尸体的情景。我第一次看到死去的动物,是西伯利亚虎。与生前凶猛的样子相比,失去温度的老虎犹如一只生病的大猫,身上冰冷而僵硬。

"完全不。剥制工作就像给失去生命的动物注入新鲜的血液,让它们再次拥有表情和灵魂,待全部完成剥制工作后，就像亲手给动物注入了新的生命一样，能让它们恢复往日的神采，自己的心情也会随之变好。"

姐姐听完我的话，一时什么也没有说，只是静静地坐着。

我下意识地闻了闻手上的气味。这是我从事剥制工作后养成的习惯。因为做剥制工作会长期接触动物的尸体，我总担心手上会留下奇怪的味道引起周围人的反感，所以如果身边的人突然不讲话，或者在地铁站等公共场所，地铁还没到站身边的人就起身的话，我就会开始担心他们是不是闻到了我手上的气味。所以我每次洗手的时候也会反复洗上好一会儿。

"这是好事啊！"

姐姐用吸管喝着饮料，因为杯子里的饮料已经所剩无几，所以吸入气流的时候会发出嘈杂的声音。喝完后，姐姐说我现在的工作真的和美术很像。

"画家也是通过作品让生命不朽。"话音刚落，姐姐又问我是否去过阿姆斯特丹，她说去凡·高博物馆看《麦田里的收割者》是她一直以来的梦想。"即使死了也会永远活下去，很了不起吧？"

此时我才想起，姐姐其实比我更喜欢美术。小时候，在日历背面用彩色蜡笔画线、告诉我各种颜色叫什么名字的人正是姐姐。姐姐当时报考美术学院了吗？我再次意识到，我对姐姐真的一无所知。有一段时间，我那样拼命地追在姐姐屁股后面跑，姐姐会不会嫌我烦呢？也许吧。从中东回来的大伯带着姐姐离开我家以后，妹妹也开始天天追在我屁股后面跑。那时我才明白，带小孩子是多么麻烦的一件事情。

那时候，姐姐一定很孤独吧？但是在我的记忆里，姐姐从来没有哭过，也不会伤心。我们坐在长椅上，说着小时候甩开最小的妹妹，奔跑在邻居家开满向日葵的田埂上，奔跑在有冒着白色烟雾的消毒车经过的我家门前那条大路上的日子。我们说着姐姐常常问我"看看那边，英洙，那是什么颜色"，我就会大声地喊着"黄色！蓝色！"的日子。一刮风，草绿色的狗尾巴草便随风摇曳，红色的鼠尾草花也一起晃动，姐姐的短发犹如黑色的波浪一般随风轻扬。在我的记忆中，姐姐的脸颊一年四季都是红通通的。当我摔倒磕破膝盖大哭、姐姐跑过来低头给我轻吹伤口的时候，眼前的姐姐睫毛是亮闪闪的。和姐姐一起度过的童年，幼年时姐姐的模样，一切都是那样记忆犹新，就像昨天刚发生的事情一样。

几年后，我在朋友的婚礼上偶然重逢了中学同学，经过短暂地恋爱后便结婚了。在去宿务的蜜月旅行中，我们有了双胞胎女儿。还没来得及享受几年婚后二人生活，我们就忙着生孩子、养孩子，每天在琐碎的生活中忙得不可开交。在双胞胎女儿的周岁宴上，同样有着双胞胎基因的岳母和双胞胎阿姨也参加了。一家中出现了好几对双胞胎，这吸引了不少亲朋好友的视线。

我的女儿们会茁壮地成长，以后大概也会因不想再穿同样的衣服而气恼，结交不同的朋友，按照各自的方式成长，悄悄喜欢上一个人，后来又失恋……但是在我未来的人生中，那个曾陪伴我度过童年时光的姐姐，再也不会出现了。

　　后来我才知道，姐姐来动物园看我的时候，其实已经患上了胰腺癌。而我当时并不知道这件事。姐姐始终未说出口的，正是她患病的事情。她只是想在去世前再来看看我的面容，和我一起回忆一下往事。也许在姐姐短暂又坎坷的一生中，在我家度过的几年时光，是她心里为数不多的美好回忆。因为当时我被蒙在鼓里，并不知道姐姐即将离开人世，所以在那个春天里的正午，我只是在红鹤寺前和姐姐短暂地坐了一会儿，然后抓住姐姐纤细的胳膊，怀着孩子一般的心情向姐姐喊着："看那边！"

　　正午的水边，一只只粉红色的火烈鸟，整齐划一地扬起了翅膀，场面十分壮观。

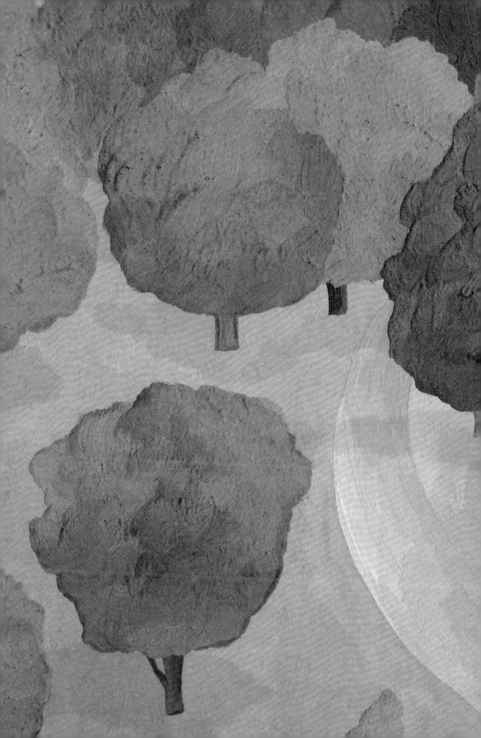

人人都需要沙滩毛巾

　　尚俊和孝珍是大家公认的同系 CC^①。他们不是本科生，而是在研究生院里读同一专业的研究生，这样的 CC 在学校里并不常见，所以他们在众多的研究生院学生中非常显眼。

　　很多前辈，甚至教授们都认为，尚俊和孝珍在刚进入研究生院时就开始交往了，但事实与他们想象的不同。一开始，尚俊并没有和孝珍交往的想法。尚俊是本校毕业的

---

　　① 即 Campus Couple，校园情侣。

学生，对学习生活了很久的校园自然是非常熟悉，而孝珍是从别的学校考进来的，为了帮助研究院的新生尽快熟悉学习环境，尚俊经常带着孝珍一起逛校园。小卖店在哪儿，图书馆在哪儿，甚至图书馆里的电梯在哪儿，尚俊都详细地为孝珍做了介绍。在此过程中，两人渐渐从陌生变得熟悉。

他们经常在学校后门附近的廉价餐厅吃午饭，在回家的路上从外卖卡车上买咖啡喝。每次买咖啡的时候，孝珍总是不忘在优惠券上盖章，等到集齐足够数量的图章后，就会像个孩子一样开心地去兑换免费饮料喝。孝珍总是喜欢将各种优惠券按照所属行业分类，整整齐齐地收纳进卡包里，不仅如此，为了记录老师在课上讲解的重点知识，每当课程结束后，细心的孝珍就会按照自己的方式，将不同颜色的便签贴在学习材料上，以便日后复习时用。每隔一段时间，她还会把研究室里的公用马克杯都仔细地擦拭一遍，之后放在阳光充足的窗边晾晒。

在第一学期即将结束的六月初，尚俊对孝珍说："你真的很细心啊！"

孝珍笑着回答道："即使再小的事情，只要你用心去做，也会得到很好的回馈。这难道不令人开心吗？"

也许正是因为这个不经意的微笑，从那之后，每当有前辈给孝珍介绍男朋友，尚俊都会出来捣乱。

两人开始正式恋爱后，研究生院的前辈们每天看着他们形影不离、如胶似漆的样子，既羡慕又嫉妒，开玩笑地称他们为"连体双胞胎"。称他们为"连体双胞胎"，并不是因为他们的外貌或者性格方面相似，而是因为他们真的时时刻刻都一起行动：听同一门课，每天在同一个研究室里学习到深夜，甚至连硕士论文都是在同一个导师的指导下完成的。那时，大家经常从前辈们那儿听说，研究生情侣们大多没有足够的资金来支持他们进行一个完美的约会，甚至因为课业繁重，连约会的时间都远远不够。就这样，由于种种原因，就像职场上同在一家公司的情侣们一样，研究生情侣们最终因为无法克服的现实条件，遗憾地分开了。所以当大家看到尚俊和孝珍两人彼此恩爱、互相支持的样子，都不禁觉得非常美好。

　　他们经常在后门附近的大排档里打包炒年糕和米肠，或者叫一份学校门口的石锅拌饭、炸鸡、盖饭等外卖，一边吃一边在研究室里研读《坂本龙马评传》《寻找现代日本》等书籍，还一起讨论有关日本天皇在日本从近代到现代的历史长河里所起到的作用。有时研究课题太多，需要熬夜学习，孝珍就在研究室里的折叠床上眯一会儿，因为有尚俊在身边，孝珍睡得非常安心。而尚俊也会在孝珍的旁边静静地看着入睡的孝珍，她那胖嘟嘟的小脸儿和樱桃般的小嘴都让尚俊感到无比幸福。他想一直守护孝珍，想让孝珍尽早成为自己的家人。

　　然而，从他们双双进入博士课程的学习开始，两人的关系发生了微妙的变化。给予博士生课程指导和咨询的前辈和教授们纷纷建议他们："你们两人，其中一人把专业换成更为具体的专业会更好。"

对于即将结婚的尚俊和孝珍来说，如果夫妻俩以同样的专业获得博士学位，那么其中一人在人才市场上择业时就会受到不利的影响，所以前辈和教授们的建议听起来也不无道理。经过慎重考虑后，尚俊最终将专业改为韩国史。虽然表面上的理由是孝珍比自己更喜欢日本近代史，但随着时间的推移，尚俊隐约觉得比起毕业于地方大学的孝珍，自己应该能更快地掌握新的学习内容。那时，每当听到有人把一心一意研究学问的孝珍看作来学院混文凭的人时，愤慨不已的尚俊就会对自己曾经的表里不一感到非常苦涩，对孝珍也感到十分愧疚。

因为现在两人的研究领域不同，自然而然也就没有可以一起上的课了。虽然往往需要单独进行研究学习，但是这些没能在一起的时间，他们通过结婚来弥补了——他们一修完学校的课程就结了婚，当时，同系的前后辈们，还有教授们都来参加了他们的婚礼。就这样，尚俊和孝珍一直恩爱有加，相安无事。

两人的关系出现关键性裂痕，是从孝珍率先拿到学位证和毕业证开始的。三年来，孝珍一直在多所学校里兼职做教师，成为家庭经济来源的主力。尚俊的学位论文却屡遭滑铁卢，一直不合格。尚俊的指导老师是个兴趣爱好非常广泛的人，从爵士音乐到高尔夫都有所涉猎，与此同时，他还要兼顾学校里的论文指导工作，因此无论何时，这位老师都忙得不可开交。正因为如此，尚俊的论文审核被一推再推。

不能如期毕业对尚俊来说简直是无比的煎熬和折磨，一直拿不到毕业证的尚俊也渐渐产生了自卑心理。尚俊单方面认为，孝珍对自己不能如期毕业感到失望和不满，并周期性地陷入自己臆断的想法中无法自拔，他真的再也承受不住了。

那天他们吵起来也是因为这个。那天是周五，孝珍没有课，两个人在家打扫了卫生，洗了攒了很久的衣服。休息的时候便在餐桌前削起香瓜来吃。他们边吃边讨论着晚餐吃什么，此时孝珍突然开始向尚俊吐槽自己对学生们的不满。

"就像对着墙说话一样，学生们没有任何反应。"孝珍摇着头说。

她还抱怨道，自己穿着高跟鞋讲课，一站就是三个小时有多么痛苦。因为没有时间吃饭，常常只能用一个三角紫菜包饭充饥。为了赶时间多做一些兼职工作，她经常在一个学校刚下课后，就马不停蹄地赶往另一个学校。每天周而复始地奔波，再加上工作中的各种辛酸，这一切都让孝珍感到身心俱疲。

"一定非常辛苦吧。"尚俊安慰着孝珍，放下了手中的叉子。

但孝珍好像忘了，此时的尚俊是个连对着墙说话的资格都没有的人。他每天都过着非常绝望的日子，厨房里充斥着洗衣机里衣服脱水的嘈杂声。

尚俊突然提到了沙滩毛巾，因为他想转移这个对他而言非常沉重的话题。他偶尔会去家门口的咖啡店里读一两个小时的学习资料，因此得知那里正在进行"集齐优惠券赠送沙滩毛巾"的活动，这也是为即将到来的夏日度假季而举办的特别活动。尚俊想着，如果能得到奖品的话，就把这个画着巨大椰子树图案的沙滩毛巾作为礼物送给孝珍。

"你不是很喜欢优惠券吗？"

虽然在论文还没完成的时候去度假有些困难，但哪怕是去汉江的江边，尚俊也打算带着孝珍郊游一番，顺便转换转换心情。铺上沙滩毛巾席地而坐，吃着紫菜包饭或者炸鸡，即使天气热得快让人们窒息，内心应该也会无比轻松。

"话说回来，你一周去几次那家咖啡店？"与说到沙滩毛巾而充满欢喜和期待的尚俊不同，孝珍对尚俊说的话毫无反应，突然打破两人间短暂的沉默，用叉子叉着香瓜问道。

"三次？多的话四次？"

孝珍点了点头，咬了一口香瓜。

"这么算的话，你一个月要给那个咖啡店送去（贡献）三百块钱啊？"

听到孝珍的话，尚俊心里非常生气，和孝珍吵了一架后便起身离开了家。不知是惆怅还是愤怒，一团火球涌上尚俊心头。与被气得火辣辣的内心不同，尚俊的手臂和脖子露在外面，这令他感到丝丝凉意。离家出走的尚俊此时只穿着短袖，没想到早晚温差竟会如此之大，白天阳光明明还是那样炽热。想到这儿，尚俊莫名感到委屈。但是在现在这种情况下，也不能转身再回家拿长袖外套了。那样的话会被孝珍嘲笑的。

在夫妻吵架后离家出走的情况下，为了拿外套而回家，无异于宣布投降。所以，在气头上的尚俊是绝不会那样做的。

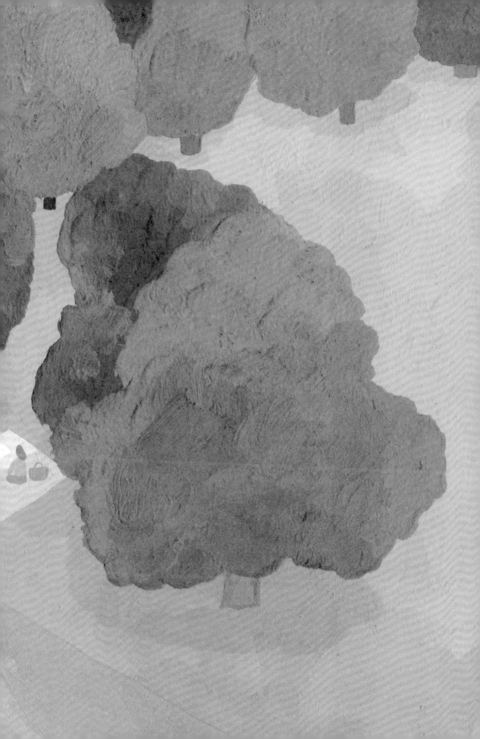

"我一忍再忍，现在看来很好笑吧？"尚俊穿过家附近的胡同，走在大路上自言自语道。

孝珍从来不会轻易发脾气，所以在系里被大家称为"金菩萨"。可是如今，那个不发脾气的"金菩萨"到哪里去了呢？不知从何时起，只要尚俊发脾气，孝珍就会毫不客气地当即反驳，不再忍让。尚俊反复咀嚼着刚才孝珍说话的语气："你一个月要给那个咖啡店送去（贡献）三百块钱啊？"是说的"送去"还是"贡献"？尚俊越是反复琢磨这句话，脑袋越是混乱。过了一会儿，尚俊认为应该是后者。

那三百块钱算什么？作为一个男人，尚俊瞬间感到遭受了难以容忍的侮辱。作为一个不能如期毕业的前辈，如果去研究室里学习，便要经常看后辈们的脸色，所以尚俊不愿意去研究室，只在家里学习。对于尚俊来说，在咖啡店里度过的时光是唯一能让他感到轻松、快乐的时光。尚俊认为，即使别人不理解，孝珍也肯定会理解自己的心情，因此他确信，孝珍那么说肯定只是为了责备连三百块钱都挣不到的自己而已。

尚俊或许不知道，孝珍在独自养家的几年里，只要与同为已婚的朋友们见面，听到大家分享轻松的婚后生活，都会在此后的很长一段时间里对一些鸡毛蒜皮的事情表现出异常的敏感和烦躁。

因为越走越冷，尚俊不断地用手搓着胳膊上的鸡皮疙瘩，想起了孝珍率先通过论文审核的那一天。由于评审大部分是两人都认识的教授，所以晚上和评审们聚餐的时候，尚俊也参加了。此前论文审核结果未定，孝珍一整天都提心吊胆。所以尚俊自然就代替孝珍给教授们敬酒，边喝边开着玩笑。

"怎么被妻子超越了呢？李先生也要奋发努力，争取明年能够通过呀。"那天回家的路上，尚俊和孝珍还悠闲地用这句话来打趣。

"唉，现在都是什么时代了，你也认为丈夫应该比妻子先拿到学位才可以吗？"

"不要管那些，他们都是旧时代的人，如果没有身后的妻子照顾家庭，让他们毫无顾虑地研究学问，他们连留学都去不了，又能怎么办呢？"

尚俊边走边感受着寒冷，不知不觉走到了地铁站附近的大排档前。大排档内，只有一位中年男性客人和一位与他年龄相仿的老板娘。尚俊心想，只要喝点热鱼饼汤，就能满血复活了。

一走进大排档，冰冷的身体马上就感受到了一股暖流。四角锅里煮开的炒年糕、塑料袋里冒着热气的米肠、整齐地插在长签子上的鱼饼，看到熟悉的食物，闻着熟悉的味道，刚才那让人无法忍受的心情仿佛也渐渐消退。

孝珍很喜欢吃炒年糕。辣炒年糕、米肠、牛心，这些都是孝珍必点的食物，尚俊每次都把这些打包好带回家给孝珍吃，虽然只是点滴小事，却是尚俊的一种表达

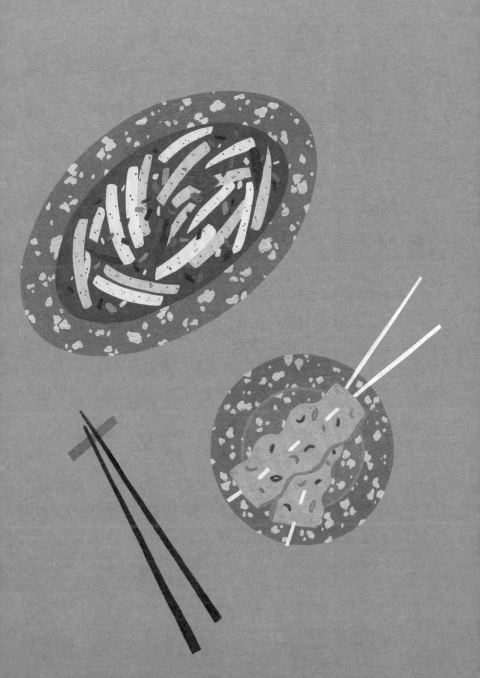

爱的方式。

"给你来点什么呢？"正在和那位中年男性客人聊天的老板娘一脸疲惫地问尚俊。

"就给我这个吧。"

鱼饼硬邦邦的，并不像想象中那么热乎。错过了鱼饼刚出锅的最佳食用时间，尚俊想着，边想边咀嚼着这难吃的鱼饼。为什么所有事情都会让自己感到凄凉呢？在此期间，因为尚俊的出现而沉默了一会儿的男客人，再次开口说话了。

"即使游遍了美国、英国、德国、意大利等地，我也觉得没有什么好吃的。"虽然他说着普通话，但是语调中的方言味道特别浓，而且声音很大。

老板娘用勺子搅拌着锅里的炒年糕，无精打采地问道："是吗？"

男客人说："到现在都是。德国的食物不好吃，而且星期天那里的商店都关门，更没有什么可吃的了。还是韩国好，无论什么时候，走到哪儿，都有好吃的东西。"

老板娘说道："还是挺好的，总能在国外转转。"

男客人咕噜咕噜地喝下鱼饼汤，回答说："一点也不好。一直去那里，也会很累啊。"

看起来愁眉苦脸的老板娘，继续熟练地搅拌着炒年糕。

"我一个月出两次国，每次回来都会吃炒年糕。你是不知道飞机餐有多难吃。"

尚俊拿出一个鱼饼，默默听着他们的对话。与中年男人嘈杂的声音形成鲜明对比的，是老板娘发出的毫无力气的微弱声音。

"那也挺好啊，可以坐着飞机到处走。"

男人更大声地说道："哎呀，好什么啊！大姐你是不知道，在那个又窄又闷的地方坐上十二个小时，浑身都会酸痛不自在。到了外国，那些国家不仅没有好吃的，还会散发出奇怪的味道。外国的孩子们对东方人不感兴趣，我就要苦苦哀求那些金发碧眼的孩子们来买我们的东西。还是大姐你的命好啊！"

尚俊不想再听他们的对话，赶紧起身结了账。

走出大排档，街上变得更加凄凉。在寒风凛冽的人行道前，尚俊等待着信号灯变绿，心里思索着：到底是什么，把我们设身处地考虑他人感受的那点时间都剥夺了，让我们只关注那个沉浸在痛苦中的自己呢？这时，信号灯变成了绿色，站在尚俊旁边的人们都与尚俊擦肩而过，争先恐后地穿过马路。而刚准备踏入人行道的尚俊却犹豫了一会儿，转身又回到了大排档前。

尚俊是为了买辣炒年糕和米肠才折回去的。他心里想着，可千万不能落下牛心啊。这个世界把人们弄得越来越悲惨，越来越失掉原有的人情味，人们每天辛苦奔波，被生活逼得喘不过气来，简直太残忍了。但即使生活在这样的世界上，尚俊想留给妻子的，也只有爱。

尽 头

五年前，我们把第一次旅行的目的地定在东京绝非偶然。

我们相遇在日语学院的凌晨班，一起听课，一起学习，然后自然而然地谈起了恋爱。虽然我们的日语老师韩语说得非常好，但是上课时他死活不用韩语，经常让学生们组成搭档一起练习日语会话。因为是凌晨班，学生们的出勤率不是很好，所以，几乎从不缺勤的我们就经常成为彼此练习的搭档。我们每天凌晨都会说"因为今天是休息日，很悠闲，所以去做运动""因为金先生诚实体贴，所以在异性中很有人气"之类的会话。

就这样，不知从何时起，我们下课后就一起从学院附近的零食车上买鸡蛋吐司吃。鸡蛋吐司就是在切丝的卷心菜上放上煎鸡蛋，虽然并不是什么特别的食物，但是上班前我们总是饥肠辘辘，它能填饱我们的胃，因此我们吃起来觉得十分美味。

那天，我们约定下班后也一起吃饭——因为成勋的公司出了一些状况，成勋不能继续上日语课了。我们当时决定在我单位附近的明洞见面，之后去总部位于台北的饭店里吃小笼包。

就在我们约会的那一天，我觉得时间过得真慢啊，许久都等不到下班的钟点。不知为何那天的时间会流逝得如此之慢，以至于当我认为肯定已经到了下班的时间、起身去收拾办公桌的时候，才发现时针才转到下午三点的位置上。比起度日如年，我当时着实感觉是度分如年。那时的我才意识到，自己应该是坠入爱河了。

看到组长下班走出办公室，我连脖子上的员工证都没来得及摘掉，就也慌慌张张地跑出了办公室。但偏偏是那天，我没料到电梯是从顶层下来的，焦急地等待了半天才坐上电梯。为了迎接圣诞季，百货商店用彩灯做了缤纷的装饰，街上一派迎接圣诞节的景象。成勋就在灯光绚丽的百货公司正门前，等待着我的出现。当时在我眼中，成勋比五彩缤纷的灯光更加耀眼夺目。他站在人行道对面，当发现我正朝他那边走过去的时候，鼻子一下就红了。他还为了引起我的注意，不停地在头上挥舞着双臂。

我们临时改变了计划，在成勋推荐的另一家酒店里点了意大利辣香肠比萨，就在用餐接近尾声的时候，成勋提议再次去东京。听到成勋的提议后，我问："东京？"

"嗯，像以前一样。"成勋回答。

自从开始恋爱以来，我们经常将年假和休假攒在一起，一起去了很多地方游玩。我们曾去福冈吃大肠火锅和生鱿鱼片，也去过巴厘岛冲浪。但是到目前为止，我们从来没有重复去过一个地方。因为世界如此之大，想去游览的地方还有很多。虽然向往之处是无限的，但是一年内可以使用的年假是有限的。我心想，真的要再去东京吗？

"为什么不回答？不喜欢吗？"见我没有马上回复，成勋看着我的眼色再次问道。

"没有，好啊。"

为了进行垃圾分类，我一边撕下贴在比萨盒上的小广告，一边回答着成勋的问题。我好像能理解成勋时隔五年再次想去东京的心情。

我们在二月初，正值恋爱五周年纪念的日子前往了东京。因为是曾经去过的地方，所以我对此次旅行并没有抱太大的期待，心情也不是很激动。但是当抵达羽田机场看到写着日语的标识牌的时候，我突然感到有些兴奋，能感受到成勋也是如此。到达机场后，因为怀着激动的心情，成勋说话的声调都不自觉提高了许多。

"我们那时也坐的机场大巴吗？"

"难道不是坐的单轨列车？"

透过新宿的机场大巴望向窗外，过往那些美好的回忆如闪电般从眼前掠过。无论是坐在车右侧的司机，还是随处可见的卖避孕产品的商店，都让我切身感受到自己真的已经来到了日本，并且做好了感叹盛夏东京的准备。因为正是下班的时间，道路上挤满了下班的打工者，我看着窗外的景象，再看看车上靠在靠背上打瞌睡的成勋，不禁觉得可能不止我一个人有如此感受。

虽然不知道是从什么时候开始的，但我能感受到我们的关系正在从棱角边开始，一点一点地快速地瓦解。我们之间的关系看似坚固，实际上让这坚固的关系分崩瓦解的裂缝到底是什么呢？真的无从得知。是粘在成勋耳廓上的干耳屎？是从我们刚见面到现在，一直在准备医学专业研究生院入学考试的成勋的哥哥？还是明知道我们在约会，但是一打电话来就说个不停的成勋的妈妈？

107

如果放在以前，我们都会对这些事情表现出若无其事，但是在这异国他乡，这些事情就像路上突然冒出的减速带一样，让我们一直保持匀速前进的关系，突然强烈地颠簸起来。

或许对于成勋来说，那些裂缝早就已经存在了。我们动不动就吵架，经常因为无关紧要的小事就生气关机，故意说那些伤害彼此的话。我心里不由自主地产生了疑问：这是每隔三、五、七周就找来的倦怠期吗？一想到这种倦怠期会周期性地到来，我就对生活本身产生极度的厌倦。但是我又并不希望我们的关系就这样结束，所以我想制造一个可以改善我们关系的契机。

我们在网上预订了坐落在新宿的酒店，到达酒店整顿好行李出来时，太阳已经下山了。我们决定走着去市内，也想顺便欣赏下傍晚的新宿。正值下班时间，不知道大家是不是为了释放压力想去小酌一下，路上穿着大衣背着黑色背包的上班族们络绎不绝。歌舞伎町的电子屏幕上灯光闪烁，从每条街道上都能感受到日本特有的宁静活力。恰巧这时，一个巨大的牌子"堂·吉诃德"映入眼帘，我们五年前来这儿的时候，还就这里有没有这个店而吵吵闹闹争论不休。走进楼里，我们看到了琳琅满目的新奇物件，虽然这些小物件没有什么实用的功能，但是能给我们带来意想不到的乐趣，于是我们买了几件心仪的小玩意儿，随后便向串儿街走去。

我们随意走进了一家串儿店，店里的客人看起来很多，餐厅的一角开满了无论什么季节都盛开的人造樱花。老板一看就知道我们是韩国人——他长得非常像一部有名的日本料理电视剧中的主人公，当我对着他的脸庞感到新奇的时候，日本老板已经把写着韩文的菜单递给了我们。看过菜单后，我们点了鸡皮串和猪心串，还有啤酒，这些菜都依次摆上了我们的餐桌。啤酒的碳酸程度适中，串儿也烤得酥脆爽口，香味四溢。时隔五年再次和成勋这样面对面坐着，把串儿当成下酒菜喝着啤酒，我的思绪不禁回到了我们第一次相约喝酒的那天。

那时的我说："吃完这些我们去喝一杯吗？"

成勋正在很用心地往所剩无几的小笼包上放生姜丝，听到我的提议，很意外地看了看我，但马上又恢复了他特有的平静表情，说着："好啊！"

　　向成勋提出喝酒的提议，是我在正式恋爱前，与男生约会时一定要进行的考验项目，这也是属于我自己的一个仪式。虽然对男人的颜值和性格的喜好，会随着时期的不同而有所改变，但是自从高中毕业后我一直秉持着一个不算是信念的信念，那便是，不和喝酒前后对待女人态度不一的男人交往。在大学时期，和我一同入学的男同学们，都是单纯、善良的孩子们，但自从进入职场，开始了社会生活以后，不知从什么时候开始，只要喝醉了酒，就会搂着一旁的同期女生或者女后辈的腰，又或者把手搭在她们的肩膀上。看着他们那种占女生便宜的龌龊样子，我更加坚定了自己的信念，一定不能和这样的男人交往。

　　成勋不管喝多少酒都不会酒后乱性。他像我交往过的其他男人一样，没有说过那些"虽然喜欢的女生有很多，但你是我爱上的第一个女人"或者"遇见你之后，我才知

道命运是什么"之类的话。即使去了汽车旅馆，只要我说
"不知道为什么，今天不太想做"，他真的就只会和我牵
着手睡觉。虽然只是一个月一次的小额捐款，他也会将攒
下的钱捐给他喜欢的政党团体。他是个周末会在家里安静
地看日本动画片的男人。

当我说"成勋这种程度的话，真的是很不错的男人了
吧"，交往的时间越来越长、知道我对结婚犹豫不决的朋
友们都会异口同声地对我说："是吧。"其实我也知道分明
有什么东西在无声无息地坍塌着。但这里是东京，是我们
的身心第一次真正融合在一起的东京。就像从前一样，成
勋用筷子将鸡皮串上的肉剔出来，慢慢地放到我的盘子上。
看着做这些的成勋那端正的额头，我的内心感到一次又一
次的倒塌，像是被某种东西冲向了远方，又再次被潮水裹
挟着冲到了岸边。

"好吃吧？"

"嗯，真好吃。"

虽然空气阴潮寒冷，但可能因为带着酒劲，我并没有感觉到很冷。

"回酒店吗？还是再走一会儿？" 成勋把头转向了我，我用指尖摸着他发红的鼻子笑出了声。

第二天一早，我们早早地在酒店吃完早餐，就出发去市中心了。浅草、浅草寺、像咖啡一条街一样的代官山町……虽然我们已经去过很多地方，但是相比于日本的其他城市，在面积相对较大的东京，我们还有很多地方没有去过。我们在自助和牛肉店里吃了火锅，在博主间非常有人气的银座餐厅里吃了寿司。虽然四天三夜的行程很短暂，但是或许是曾经来过一次的原因，我们都没有觉得很着急或是行程很赶。相反，因为怀着轻松愉悦的心情，我们甚至都没有吵架。我们彼此之间曾有着很深厚的感情，也许有人会认为是因为旅行，也许有人会认为是因为脱离了烦琐的日常生活，由内而发的解脱感和叛逆感带来了兴奋的心情，但是我知道肯定不是因为这些。

"金小姐喜欢亲亲吗？"

"非常喜欢。"

就和我们当初第一次见面时的场景如出一辙，虽然能表达的只有生疏且不熟练的语言，但是无论如何都要成为可以接近对方的存在。我们模仿着学院教材上的例句，用幼稚简单的日语在对方耳边窃窃私语，就像是开了一个很有意思的玩笑一样，两人同时哈哈大笑起来。

在我们交往期间，成勋表现出的一些态度让我极其厌烦，比如，我说自己以后不想要小孩儿，但是成勋说我是不懂人生的小孩子。又比如，我想下班后去参加读书会或者咖啡俱乐部，成勋却指责我是浪费时间的人，他的这些态度都让我感到，他一点也不在乎我的感受。

回到现在。当我以寒冷的天气为借口紧紧依偎在成勋的身边，走在东京的街道上，看着多彩的街景，我一下子仿佛又回到了过去，回到了丝毫不关心结婚、不关心生活

是否安稳的那些日子。在那些日子里，当成勋确认我已经到达了学院之后，就会有意识地将放在他旁边椅子上的书包偷偷地挪到地上，以便留下空位让我去坐。在那些日子里，当我津津有味地吃着鸡蛋吐司时，成勋总会突然出现在我身旁，说："给我也来一个。"为了从成勋的声音中读出些许暧昧的迹象，我全身所有的触感都像夏日的向日葵一样绽放着。

这是我们第三次在小饰品店发现"浪漫"。第二天一大早我们就要去机场，事实上这也是此次旅行的最后一天，我们来到了成勋在旅行手册中看到的高原寺附近的复古商店。依稀记得以前来的时候氛围很好，所以决定再去吉祥寺喝个咖啡。果不其然，吉祥寺和我期待中的一样，到处都是漂亮的小巷子，但是不知道为什么和记忆中的场景有些不同。不知道是在这期间，街巷的风景有所改变，还是我的记忆有些错乱，总之，一想到距离上次来已经时隔五年之久，心中便突然涌上了一股忧郁伤感。街巷中，在人行道上放置的木质招牌上，用英文字母写着"浪漫"这个单词，旁边画着白色的爱心。

在无数街景中，最让人眼前一亮的是别具一格的品牌专卖店，以及摆放着小巧玲珑的碗碟的杂货店。我们一边欣赏着唱片店门外有着 CD 模样的可爱看板，一边在小巷子里散步。

"咦？我们以前是不是来过这里啊？"

"哪里？"

虽然招牌和橱窗里的陈列很熟悉，但是因为我记不起五年前偶然间光顾的那间商店的名字，所以我不确定那里是不是我们曾经去过的地方。

"就是这儿，我们来过这里。"

我站在遮阳棚下，点击着谷歌 App，从按日期整理的照片中找到了当时给商店招牌拍的照片。这张照片在相册中的位置，是在我们一人拿着一个甜筒的照片和门前停着一辆天蓝色自行车的照片中间，照片中那个比现在年轻五岁的我，用手指着一个写着"浪漫"字样的招牌。

"这里还是老样子啊！"

虽然只是一家不起眼的小饰品店，但它承载了我们曾经的美好回忆，一想到这家小店依然存在，并且时隔五年后我们能再次和这家小店相遇，就让我感到喜出望外。

此时我的思绪也被带回了五年前，脑中瞬间回忆起这家店里的首饰色彩艳丽且造型独特，并且店里还有位在西班牙生活过很长时间的女主人。当时成勋说要送给我礼物，于是拿着那对我摆弄了许久的浅紫色宝石耳环去柜台结账。当时带的现金不够，在我们刚要尴尬地走出店外的时候，女主人一边爽朗地笑着一边说道："当然要给陷入爱情的恋人们便宜一点啊。"

"进去看看吧。"

我兴高采烈地推开木门走进去。陈列台里摆放着各色的宝石耳环和戒指，还有挂在墙上的华丽项链和手链，眼前的一切几乎都和五年前一模一样。

"哇，都和以前一样啊！"成勋说道。但是不知道为什么，我突然感觉到了一种不一样。好像寿命即将结束的日光灯在勉强地照亮一样。或许是因为店内的东西看起来似乎失去了生机，显得非常暗淡，而且最重要的是，听到店里进来客人的动静后，从垂下的窗帘里面走出来的女主人也和记忆中的那位没有一点相似之处。

"请问，店里是换主人了吗？"我装模作样地在店里转了转，最终还是忍不住好奇地问了。

"啊，你知道这家店啊？"这位店主说话时带有典型的日本女人的语气和微笑，对于身为游客的我们居然认识这家店铺一事，她露出了惊讶的表情，反问道。

"我们以前来过一次。她是辞职了吗？"走到我身边的成勋，再一次向这位店主问道。

她静静地看着我们，摇了摇头，用略带凄凉的神色答道："不是的，她没有辞职，这里的主人正在与癌症作斗争。所以我来临时看店，不知道她将来会怎么样。"

听到她的回答后，我们带着沉重的心情，离开了饰品店。虽然店还在原地，但是店里的灵魂已经不在了；虽然陈设还是一如既往，但是已经物是人非了。为了去东京行程里的最后一站——六本木新城展望台，我们经过放着小巧玲珑的空花盆的巷子，向地铁站移动。在可以将东京市内一览无余的展望台上，年轻的情侣们和带着孩子的家庭观光客们的比率占到了各有一半。

"哇，简直太漂亮了。"成勋不停地用相机拍着窗外的美景赞叹道。

我也紧贴在玻璃窗前，俯瞰着东京的全貌。如果是晴天的话，就能清楚地看到富士山，但可能因为今天是阴天，几乎看不到一点富士山的踪影。好可惜啊——看着像是马上要下雪一样的阴冷天空，我心里反复地念叨着。虽然眼前的景致美不胜收，但是我的脑海里浮现的依旧是五年前那个饰品店中女主人的容貌，她是那样美丽动人又浪漫，她的微笑曾给我留下深刻的印象，而仅仅过了五年的时间，她就失去了生机，这期间她到底经历了什么呢？她还那么年轻，未来还有无限的可能。患上癌症的她，此时此刻又是什么样的心情呢？

"她，一定会好起来吧？"

成勋望着自言自语的我，露出好奇的表情，问道："谁？啊，那家首饰店的女主人？"

"说是得了癌症呢，能痊愈吗？听说年轻人癌细胞转移得更快。"

接着，成勋又开始讲起之前公司组长的故事。那位组长在四十多岁的时候，为了留学辞去了工作，但是不久后就发现患上了胰腺癌，没过几个月就去世了。

"这么一想，那已经是八年前的事了。"

我不明白为什么成勋会说那样的话，虽然想对成勋说些什么，但是又不想吵架，所以干脆闭上了嘴。如果我说他什么，成勋就会话中带刺，一脸不耐烦地看着我说："什么呀，又怎么了？"而我又会说："什么叫'又'？什么叫'又怎么了'？"那样的话，我们在争吵过后又会以各自的方式独自悲伤，然后又在过了很长时间以后，后悔今天在争吵中所说的一切。

我则与成勋相反，此时我并没有什么想说的话，只是随着人们移动的方向跟着观光客们一起走。远处可以看到东京塔。阴沉的天空中，云朵就像冷却后的卡布奇诺泡沫一样散落在天空的各个角落。不知不觉中，我们已经来到了东京塔的正前方。

"下次去东京塔上看看吧？"走在我前面的成勋停下脚步向我问道。

过了一会儿，他又说道："我们那时候没上去过吧？"

"嗯，是啊。"

说完这些话，我突然意识到：五年前在日本，我们真的没有登上任何一座建筑的顶端。因为从旅行的第一天开始，我们的大部分时间便是在酒店里火热地度过的，所以"观光指南"中推荐必去的那些旅游景点，我们有一半以上都没能踏足。感受过身体上的欢愉过后，看到还在酣睡中的成勋，仿佛世上的一切都充满了惊奇，激动的心情足以让我们兴奋到顶点，已经完全没有必要再登上任何一座高塔。成勋睡觉时偶尔会皱眉头，我把手指放在他的眉间，展开他的额头。每当看到成勋脸上那温柔的皱纹，连我自己都无法想象，我内心深处涌上来的喜悦之情是如此深沉，如此令人吃惊。

成勋不知道我已经落在了队伍的后面，他被夹在其他游客中间，正向远处走去。我注视着成勋那熟悉的背影，慢慢地移动着。不知过了多久，脚下建筑物的灯一个接一个亮了起来，成勋停下脚步喊着我的名字。

"过来看看，太阳落山了。"

成勋看向我的微笑是那样的熟悉，我知道那微笑中包含的是温柔的好意。

"嗯，我这就过去。"

但事实上我没有走过去。

我没有去成勋那边，就站在原地凝视着窗外的日落。我想着成勋口中所谓的下一次，不知道会是多么凄凉。此刻，我突然意识到我们之间的关系也许就像这夜幕一样慢慢地靠近，却又走向了无法挽回的某种尽头。

爱在黎明破晓时

　　第一次在爱彼迎（Airbnb）网站上看到那间公寓的时候，最令英美满意的就是公寓里的窗户。

　　客厅的一面墙上有着一扇大大的窗户。对房子做出详细介绍的说明栏上写着"埃菲尔铁塔视角"。竟然能看到埃菲尔铁塔！英美的脑海中浮现出二十一岁那年，她和朋友们攒了一年的打工钱去背包旅行，在埃菲尔铁塔前拍照的场景。那时候因为没有钱，所以一行六人要在连巴掌大的窗户都没有的寄宿房里一起过夜。但是现在英美已经是个上班族了，能住得起既能欣赏到埃菲尔铁塔又有窗户的

"1.5 居室"的房间了。

对于英美来说，最重要的是能用自己赚来的钱，带着妈妈来巴黎看看。别说是巴黎了，一辈子辛苦劳累的妈妈从来没去外国旅行过。爸爸在五年前因为罹患肝癌突然去世，出殡回来后的第二天，英美就去银行办了一个储蓄存折。某天英美在银行网站上偶然发现了一个给存折改名的功能，于是便把存折的名称改成了"妈妈的巴黎之旅"。从那天起，英美就开始为实现妈妈的巴黎之旅努力攒钱。

直到大学毕业为止，英美一直是利用课余时间自己打工挣零钱花，上班后又要忙于偿还助学贷款，所以因为各种各样的原因，她一次也没能让爸爸去旅行过。但是直到爸爸突然去世，英美才恍然大悟，因为资金紧张而没能送爸爸去旅行都只是自己给自己找的借口。事实上，虽然只有一次，但是在大学时代英美也曾和同专业的朋友们一起游览过欧洲四国，就业后又和爱人一起去过普吉岛旅行。想到这些，英美陷入了莫名的负罪感和悔恨之中，作为子女，最大的遗憾就是子欲养而亲不待，所以即使现在身边只剩妈妈一个人，英美也一定要带着妈妈去欧洲看看。

在众多欧洲国家中选择法国，并且将旅行的目的地定为巴黎和多维尔，完全是受电影《一个男人和一个女人》的影响。在尚州经营小苹果园的外祖父母有五男三女，妈妈作为长女，为了能让家中的弟弟妹妹好好读书，不得不放弃自己读大学的机会，转而去女子商业高中。英美知道，妈妈为了给弟弟妹妹们赚上大学的学费，毕业后便在大邱的一家招牌公司工作，担任经理一职。其间妈妈偶然一次在电影院里看了一部叫作《一个男人和一个女人》的电影，自从看了那部电影，妈妈就对法国产生了一种莫名的向往。当英美提议和妈妈两个人一起去法国旅行的时候，妈妈不知道笑得有多开心。因为英美担心飞行路程太长，妈妈会感到疲惫，所以特意买了价格更贵的直飞机票。英美为自己马上就能实现妈妈长久以来的愿望而感到无比的骄傲和自豪。

她们在八月里的一个星期一动身出发了。英美安排的行程是：在巴黎停留四晚，在多维尔停留两晚，之后再返回巴黎。英美计划不从多维尔直接去戴高乐机场，而是在搭乘回国航班之前，在巴黎多睡一晚。英美这么计划完全是想多体贴妈妈，不想让妈妈在旅行途中舟车劳顿。她希望妈妈能在这次旅行中无条件地感受到幸福，所以内心也充满了想给妈妈带来感动的热情。

到底从什么时候起，英美那热情高涨的心渐渐平静下来了呢？虽然英美没有意识到，但也许从妈妈说不要住在酒店的那一刻，就已经开始了。毕竟是一次难得的旅行，所以她想让妈妈住在好的酒店里，享受高级的酒店服务，但是妈妈似乎不知道英美的良苦用心，总是固执地说"如果住在贵的高级酒店里，那干脆就不去旅行了"。虽然有些许无奈，但是英美还是能理解妈妈其实是不想乱花女儿辛苦挣来的钱，所以他们放弃了高级酒店，在爱彼迎上预订了一个 1.5 居室的房间。

作为家中的长女，很小就进入社会赚钱养家的妈妈认为孩子们应该做好自己的本职工作，不能乱花钱。爸爸生前是公务员，所以其实妈妈完全可以靠着爸爸的退休金生活，不必那么辛苦地工作。但在爸爸去世以后，无论是什么工作，妈妈都愿意去做。附近研究所里的内部食堂是小学生们上下学的小饭桌，妈妈就曾在那里洗碗打工。最近她又在家里做一些剥大蒜、剥栗子、叠纸箱的副业。一想到上了年纪的妈妈还是在一直不停歇地工作，英美就感到非常难过，所以她想要多赚钱，然后孝敬妈妈，让妈妈享清福。

然而，晚上九点左右他们刚到达预订的房间后，妈妈就开始马不停蹄地用毛巾擦着被打湿的地板。英美看在眼里，瞬间内心非常烦躁。因为这与她预想中的场景截然不同。

"都已经是打扫干净的了。"

"那怎么能相信。而且我听说这里的人都是穿着鞋进屋的。"妈妈根本不看英美那边，一边用手拧着毛巾一边说。

妈妈那一路从韩国拉过来的巨大的行李箱，连打都没打开，就直接被扔到了客厅正中央的大窗户前。虽然的确能看到埃菲尔铁塔，但是若从公寓的五楼向下看，远处的埃菲尔铁塔就只有指甲盖儿那么大，非常渺小。

英美煞费苦心计划的第一天行程是这样的：先在公寓前面的面包店买法式可颂面包，悠闲地吃过早饭后，和妈妈一起去参观埃菲尔铁塔。吃完午饭，在游船上欣赏塞纳河的美丽风景。到了晚上，则去能看见凯旋门的香榭丽舍大街吃饭。英美认为，这样安排既不会给刚结束长途飞行的妈妈带来太大的身体负担，又能够让妈妈尽情享受来到梦寐以求的巴黎的感觉。这样的安排，光是想象都觉得非常完美，英美期待着看到妈妈幸福的微笑。

为了能让妈妈悠闲地享受巴黎的浪漫，孝顺的女儿事先特意安排了这样的行程，如果妈妈也知道女儿的良苦用心并且为之感动的话，那么花费巨资和妈妈来旅行就是非常值得的。

但是实际的旅行过程却与英美想象的完全不同。甚至从参观第一个景点开始，她就倍感疲惫。英美想和妈妈一起登上瞭望塔俯瞰巴黎市内，将异国的风景尽收眼底，但是妈妈执意说："不知道什么时候还会再来巴黎，为了登上塔顶还要浪费很长时间去排队，在埃菲尔铁塔前拍几张照片留念就行了。"接着，妈妈又说，"坐游船就是浪费钱，反正都是欣赏风景，在江边走走不就行了吗？"但是妈妈眼见拗不过已经发火的英美，只能勉强踏上游船。登船之后，因为被外国的团体游客包围，又抱怨道："简直不知道这里到底是不是法国。"妈妈表现出的各种不满和说出的各种挑剔的话，都让精心准备行程的英美感到非常不舒服。明明是想让妈妈享受旅行中的快乐，却被妈妈一再地否定。

　　虽然最终，她们还是按照计划去了香榭丽舍大街吃晚饭，但是在能看到凯旋门的露天餐厅里，英美脑海中原本想象的，边吃晚饭边感受浪漫氛围的想法已经消失得无影无踪了。

来到餐厅，英美总是提心吊胆地担心着妈妈会不会又嫌餐厅的食物太贵。如果一会儿妈妈一脸不耐烦地抱怨服务员动作太慢，或者看到从桌子下面飞起来的鸽子，质问英美"你难道不知道鸽子是多么脏的动物吗"，英美那本来就因为时差而感到疲惫不堪的身体，就会感受到双倍的沉重。这种心累远远比身体上的疲惫更让人受折磨。

一天不怎么愉快的行程就在英美的担惊受怕中结束了。照这样下去，在剩下的五天行程里，还能和妈妈不吵架、友好地相处吗？回到住宿的地方，英美忧心忡忡地躺在床上。在既黑暗又安静的房间里，只有妈妈低沉的鼾声在回荡。此时的英美，想起上学时的每个假期都会经常因为一些不起眼的小事和妈妈拌嘴。上大学后就独自居住的英美，每到放假时都回老家，但是每次都挺不到半个月，就赶紧买火车票回学校。因为整天都和妈妈黏在一起，妈妈总会在她耳边没完没了地唠叨，母女俩就在拌嘴中发生了很多伤害彼此感情的事情。比如，妈妈总是唠叨英美从卫生间出来不关灯，为什么在玄关脱掉鞋子后却不整理，喝水的是英美、洗杯子的却是别人，等等。

随着日后和妈妈分开生活的时间渐长，这些回忆英美也就慢慢淡忘了，不过让英美记忆犹新的是：妈妈和自己从骨子里就是完全不同的人。妈妈为什么就那么不懂自己的心呢？如果妈妈能好好地按照自己制订的完美计划观光该有多好啊。妈妈只是想着在接下来的第二天、第三天也要在更多的观光景点前拍照，这样才能更快地赚回旅行的本钱，这与英美的初心完全不同——在准备此次旅行的过程中，英美曾无数次地在脑海中描绘和妈妈在一起享受恬静而悠闲的时光的画面。想到这里，英美空虚的内心深处好像流下了眼泪。英美很难进入梦乡，只能在黑暗中辗转反侧。萦绕在房间里的蔚蓝夜色不知是从哪里来的，带着点冷淡忧郁的颜色，与英美的心情交相呼应。

渐渐地，英美终于入睡，但当眼睛再次睁开时，依旧是太阳还没有升起的凌晨。旁边没有妈妈的身影，或许妈妈也是因为时差的原因早早就起来了。英美虽然努力尝试再次入睡，但随着时间的流逝，睡意渐渐远去。

英美只好坐起身来。心想妈妈为什么还不进来呢？英美坐在床上捂着脸。难道妈妈去卫生间了？英美慢慢地起身穿上了拖鞋。

"妈妈，你在做什么呢？"

妈妈开了一盏小灯，坐在床边的沙发上。可能是没想到在这天还未亮的时刻会有人跟自己说话，妈妈被英美的声音吓了一跳，看着英美突然笑出了声。

"睡不着，就在这里等着看日出了。"妈妈说道。

"你知道太阳什么时候升起来吗？"

"马上就会出来了吧？"

妈妈手里拿着旅游指南，这是英美亲手做的旅游指南，上面贴了许多记事贴，密密麻麻地写满了各种旅行信息。

“在读什么呢？”英美坐到妈妈对面的沙发上问道。

妈妈正在读的那页上，有关于电影《一个男人和一个女人》的背景城市的介绍，还有一张黑白的阿努克·艾梅和让·路易·特兰蒂尼昂的电影海报。

“真不敢相信我们再过几天就要去多维尔了。”妈妈充满期待地说，“如果你爸爸也能和我们一起去就好了。”

“爸爸也喜欢那部电影吗？真没想到。”一想到爸爸，英美就伤心了，她强装镇定，用明亮的声音说道。

“那怎么可能？你爸爸是看电影的人吗？”妈妈笑着回答。

英美安静地打开手机，搜索并播放了《一个男人和一个女人》的电影主题曲。以夜色下黑白的海边为背景，从远处飞奔过来的男女主人公紧紧地拥抱在一起，就在他们的身影反复出现的时候，熟悉的旋律缓缓响起。

"啊，这音乐我小时候在喜剧节目中听到过。"

脑海中突然浮现出小时候那慵懒的星期六的晚上：爸爸和妈妈一起坐在客厅里边切着西瓜或者甜柿子边看电视，节目中的男女喜剧演员面对面地跟着拍子眨眼睛。多么美好的画面啊。

"奇怪，你听到这个旋律怎么会联想到喜剧呢？这是多么浪漫的一部电影啊！"

妈妈眨着眼睛描述着电影中的情节：在一个雨天的傍晚，阿努克·艾梅和让·路易·特兰蒂尼昂一起坐着汽车飞奔，他们既羞涩又彼此心动，随着雨水的蔓延，孕育出了爱情。

"妈妈是怎么迷上爸爸的呢？"静静听着妈妈讲述电影情节的英美突然问道。

妈妈或许没想到英美会问起这个，眼睛一瞥，害羞地

朝书架的方向望去。此时，英美按下手机的 home 键，再一次播放了刚刚的背景音乐。随着旋律再次响起，妈妈也开始讲述起她和爸爸的故事。

"那天也是个下雨天。"

妈妈说，爸爸一直缠着她要见面，没想到就在她好不容易答应时，下起了雨。突如其来的雨下得太大了，即使打着伞也无济于事，衣服都被淋湿了。妈妈又抱怨地说道："整个晚上，你爸爸的表现就像个书呆子一样，原本我就打算早点回家，没想到居然下起了倾盆大雨，真是一次糟糕的约会。"妈妈边走边想，没有比这更糟糕的约会了，但事实证明，没有最坏只有更坏——由于被雨水淋湿，妈妈唯一的那双旧皮鞋的鞋底脱落了。

"当时你爸爸飞快地跑到文具店买回来一个红色皮筋，把我脱落的鞋底和鞋面绑到一起。"看着被雨水淋透了的爸爸跪着给自己的鞋绑上皮筋，妈妈在心中暗暗决定继续和爸爸见面。而恰恰就在五分钟后，爸爸做出了一个更重大的决定——他要和妈妈结婚。妈妈穿着爸爸绑的鞋子，也跑去文具店买回来一个同样的红色皮筋，然后将它绑在另一只鞋的相同位置上。妈妈在雨伞下露出整齐的牙齿笑着说："这样正好是一对吧？"

"看起来离天亮还远着呢。你不困吗？你要是不困的话，等日出的时候叫醒我吧。我在这儿稍微眯一会儿。"妈妈打着哈欠说完，就靠在了沙发上闭上了眼睛。

英美抱着双膝坐在沙发上，凝视着依旧漆黑的窗外，等待着日出的来临。此刻，英美的脑海里浮现出妈妈口中那对雨中的恋人。为了讨好心仪的女孩儿，在瓢泼大雨中奔向文具店的男孩儿，还有深情地望着男孩儿被淋湿的背影的女孩儿，他们现在共用一把雨伞，好像正处于比鞋底从鞋子上脱落之前更紧密的距离中。稚气未脱的恋人之间，只有细微的呼吸声和气流的波动，还有由于空间所限，那些犹豫不决的小动作。每当与对方的肩膀轻轻擦过的时候，他们就会意识到对方的存在。虽然表面上波澜不惊，但是心中的小鹿早已到处乱撞。不一会儿，他们便在女孩儿独自居住的房前依依不舍地告别了。下次还能再见面吗？分开前他们肯定会彼此约定。在黄灿灿的雨伞下，他们一定正面露羞涩地微笑着注视对方。

思绪回到现实中。过了不一会儿，似乎是天亮了，窗外渐渐也亮了起来，有着异国特色的建筑物开始依稀可见。由于房间里的窗户不是朝东的，很可惜没有看到日出时的壮观景象。此时再望向埃菲尔铁塔，依旧远在千里之外。但是拂晓中的巴黎展露出的面容，是那样高贵与美丽。英美想叫醒妈妈，让妈妈也欣赏一下拂晓中的巴黎。

"妈妈。"

但是英美最终还是没有舍得去叫醒妈妈。因为英美想静静地看着把旅行手册抱在怀里的妈妈熟睡的面容。英美悄悄靠近妈妈，仔细地端详着妈妈，心想，上次这样看着妈妈熟睡的面容是什么时候呢？岁月什么时候在妈妈的脸上留下了痕迹，让妈妈看起来这样苍老了呢？现在的英美已经豁然领悟到，世界上的任何人都不能完美地给别人带来幸福，所以也就不必再为此感到难过和困惑。只要我们能设身处地地为别人着想，真心对待别人就可以了。不要把自己认为的幸福感强加给别人。

不知不觉，房间里已渐渐明亮起来。柔和的阳光透过窗户照进来，如同一双温暖的双手，轻轻地抚平妈妈那布满皱纹的眼角。妈妈在睡梦中皱起了眉头。英美一次都没见过妈妈回忆中那个高冷的姑娘，那个连鞋底掉下来也不忘打扮一下、跑去文具店买来橡皮筋只为让两只鞋系上一模一样的蝴蝶结的姑娘。清晨的阳光是那样羞涩、耀眼，又可爱。在这黎明拂晓时，英美的内心深处充满了对妈妈无限的爱。

永远都是幸福结局

民珠确认了一下电脑显示器下方的时间，距离下班还有很长时间。两天前吵完架后便杳无音讯的周浩，至今依旧没有任何联系。在没有窗户的系办公室里，丝毫感觉不到时间的流逝。

她在 K 大学的哲学办公室里作为行政助教已经工作了两年。哲学办公室位于新建的文学院的七楼，民珠独自坐在这个不知外边是下雨了还是下雪了的系办公室里工作，猜想着建筑师是不是起初已经忘记了要建哲学系办公室，直到最后才想起来。她确信人们私下里议论纷纷的那些怀疑是真的——的确如此，哲学系的办公室莫名其妙地被中文系的办公室包围了起来，和中文系办公室共用一面墙。不仅如此，占据墙壁右侧的中文系办公室比哲学系办公室宽了两倍左右，而且一面墙是用一整张玻璃作为窗户，一天中无论何时都会洒进明媚的阳光。所以民珠认为，建筑设计师肯定是在最后一刻才决定在原定的中文系办公室内的犄角处开出一道门，匆匆忙忙地盖好了哲学系办公室。如果真如猜想中一样，那么人们经常议论的怀疑肯定是事实。

无论是哲学系的研究生们还是教授们，都对系办公室的位置感到不满，有时甚至会表现出耻辱，民珠却对这些毫不在意。从工作的角度考虑，如果搬到聚集着哲学系教授研究室的十楼，民珠工作起来反而不是很方便。况且，民珠不是 K 大学出身的学生，只是单纯为了挣钱而以合同制的形式作为行政助教在这里工作。因此，作为提供劳动力并以此为代价领取工资的工作场所，哲学系办公室无论在七楼还是在十楼，都大同小异。因为没有窗户，所以不管是夏天还是冬天，办公室里连通风的机会都没有，对于民珠来说，这是她对哲学系办公室唯一的不满之处。

一整天都无人问津的哲学系办公室，在下午三点被人推开了大门。打开门进来的是朴老师。她还是一如既往，一脸疲惫地出现在办公室里，一走进来就把沉重的登山背包放在了桌子上。

"今天教授们都没有上班吗？楼里为什么这么冷清？"

"因为今天是校庆的最后一天，所以下午的课都停了。"

朴老师一脸狼狈地扑通一下坐在桌子前的椅子上。虽然早就提前发布了停课公告，但是从朴老师在空荡荡的教室里等待来上课的学生们的情形来看，她肯定是忘了停课这回事。来教室的路上，到处都可以看到校园里的师生庆祝校庆的痕迹：搭建的庆典舞台、粘贴的各种欢庆标语……不可能一点都不知道啊。难道朴老师对这些一点都不关心吗？答案是，如果这个人是朴老师的话，也许真的会那样。在民珠眼里，在每天进出办公室的人当中，没有人比朴老师显得更特别了。

她总是像被人追赶一样，一脸筋疲力尽的模样。身上的打扮也与当下的流行时尚完全脱节。作为女教授，别说是化妆了，民珠怀疑她连乳液也不擦，脸上总是长着癣。甚至是在必须要穿正装的日子里，她也会随意地穿着篮球鞋来学校。不仅如此，她还是一位即便只来办公室借一张 A4 纸也要付钱的老师。说得好听点，是朴老师性格端正、精明，但实际上她是个完全不懂变通、非常固执的人。所以一言以蔽之，她就是典型的那种民珠害怕日后会变成的人。

我不想，也绝不会那样老去。朴老师可能不知道，每次民珠见到朴老师的时候，内心都会下定这样的决心。自从二十七岁以来，民珠每天都会感到焦虑，这种焦虑的心态已经快速地占领她的内心很多年了。高中时期的民珠对未来有很多憧憬，也曾经有过很多梦想：上大学以后，一定要谈一场青涩的校园恋爱；怀着一颗奉献的心去非洲做志愿服务；为了提高自己第二外国语——中文的实力，去上海就业，等等。虽然看似有些荒唐，但是比起在月球着陆，或者海底勘探这些不可思议的事情来说，民珠的梦想也并不是完全不可能实现的。

然而，在从二十五岁跨到二十六岁的最后一个夜晚，她和高中同学一起，在大学路附近一家新开的进口啤酒屋里喝至半酣，聚会结束后她跌跌撞撞地走在街上，突然意识到自己曾经许下的美好愿望一个都没有实现。因为考入的是女子大学，所以期望中的校园恋爱就这样泡汤了。为了就业，她每日忙于积累经验和考取各类资格证，根本没有时间去非洲。还有，别说是上海了，就连在韩国国内的公司里也没能被聘用为正式员工。

民珠觉得自己二十岁以后的人生，是在一点点降低自己梦想的标准中度过的。从上海一家前景光明的跨国企业里的职业女性，到韩国国内大企业里的正式职员，最后再到私立大学里的合同制行政人员，民珠就这样离自己最初的梦想越来越远。就像是童话中的兄妹为了不迷路，边走边将撕掉的面包块扔在路上一样，民珠虽然这样一点一点地放弃了自己的梦想，艰难地一路走来，但是她并不知道自己已经走到了人生这条路上的哪个阶段，更不知道自己将走向什么样的尽头。

周浩的情况是不是也是这样呢？他是否也在自己人生的森林里迷了路呢？几年来一直努力准备九级公务员考试的周浩已经和以前大不相同了，即使是一些小事，也会因此变得非常敏感和暴躁，总是不断地怀疑民珠会离开自己。

说不定，周浩已经读懂了民珠那忧心忡忡的心声，那心声便是——把自己的花样年华都奉献给一个不知何时才能摆脱公务员备考生身份的男人，是件正确的事情吗？

"可以喝杯茶再走吗？"朴老师问道。

"当然了。"

民珠站起身来打算给朴老师冲速溶咖啡，但是朴老师用手示意民珠不要站起来，然后从硕大的背包里掏出了保温瓶，就像懂得茶道一样，用热水烫了一下瓶盖后倒掉，然后再倒茶。居然不是保温杯而是保温瓶，就像是登山时带的那种巨大的不锈钢保温瓶。朴老师起身从净水器旁边拿来一个纸杯，倒了一杯茶递给民珠。

"喝一杯茶吧，身上会变暖和的。"

民珠下意识地接过倒满茶水的纸杯。清澈的淡绿色的茶，泡的时间是那样恰如其分，味道既清新又爽口。

"您的茶真好喝。"

"是吧？绿茶要在七十摄氏度的水里泡一分三十秒才好喝，不多不少的整整一分三十秒。"

朴老师与往常不同，用略带轻松的语调附和着民珠。民珠的脑海中浮现出朴老师拿着计时器泡茶的模样。至少朴老师看上去像是要在办公室里坐会儿的人。

"没有课，今天的时间突然变多了，似乎应该多做一点有意思的事情，做点什么才好呢？"朴老师咕噜咕噜地喝着茶，说着像是自言自语又不像自言自语的话。

民珠不知道应该回答些什么，就随手按下了手机的画面按钮。令她失望的是，依旧没有任何周浩的消息。

"助教今天打算做什么呢？"这次朴老师分明是在和民珠搭话。

"我今天准备去看电影。"

"最近有什么有意思的电影吗？"

但是今天真的能看成电影吗？民珠想起了今天原本和

周浩约定好要一起看电影。我们就这样分手了吗？我们就这样在彼此的生活中成为毫无交集的人了吗？民珠的眼前掠过了那些和周浩在一起十分甜蜜的日子：在周浩刚开始准备公务员考试没多久的时候，民珠每个周末都会去鹭梁津找他，一起坐在区政府的花坛长椅上晒太阳，喝着两千韩元的咖啡。穿着运动服的周浩，虽然干裂的嘴唇上时而泛起白色的角质，但是十指交叉的双手是那样柔软。然而，这些好日子不知从何时开始让民珠感到不安。就在民珠陷入思绪中的时候，朴老师再次和她搭话了。

"好久没去电影院了。真的是害怕看电影，以前大学刚毕业的时候，我在电影院里打工，看了太多的电影了。"

"老师您吗？"

居然在电影院里做过兼职，听到这话，民珠非常吃惊，心想朴老师也曾有年轻的时候啊。

"是的，就是验票后给顾客引路的工作。"

民珠简直无法想象二十岁出头的朴老师穿着制服在电影院里引路的场面。

"你知道这个兼职最大的好处是什么吗？"

"是可以免费看电影吗？"虽然民珠并不关心这个兼职的好处是什么，但是为了把对话继续下去，便这样问道。

"不是，虽然那也是一方面，但最大的好处是可以提前看到电影的结局。因为电影结束后要打开大门，引导客人们从出口退场，所以在电影结束前要提前进入放映馆里做准备。"

"提前知道结局不是不好吗？"民珠诧异地问道。

"在人生的那个阶段，对于自己未知的将来有很多让我感到不安的东西，所以即便仅仅是个电影，我也想提前知道结局，这样我就可以只挑选是幸福结局的电影来看。"

随后，朴老师拿走民珠放在办公桌上的空纸杯，再次以优雅的、有礼貌的动作给民珠倒了一杯茶。然后用纸巾快速地擦了擦保温瓶，干净利落地拧紧了瓶盖。朴老师把保温瓶放进硕大的背包里，仿佛世界上的各种杂物和书籍都能装进那鼓鼓的背包里。

民珠静静地看着朴老师熟练地把像俄罗斯方块一样的小东西塞进包里，小声地问道："之后您稍微好点了吗？"

朴老师用一副没听懂的表情看着民珠，把再次倒满茶水的纸杯放到民珠的桌上。

"过了那段时期，不安的心会变得好一点吗？"

对于民珠的提问，朴老师默默地笑着说："无论电影的结局如何，只要将观影的人们随意扔掉的爆米花打扫干净，只要意识到电影还会重新播放，那么之后的一切都会好起来的。"

朴老师再次背起那个硕大的背包，打开办公室的门，径直向没有任何人的走廊尽头悠闲地走去。

朴老师走后，民珠在座位上，安静地听着朴老师的脚步声咯噔咯噔地远去，"叮"，电梯到达的信号声传来，不一会儿走廊里便再次回归寂静。无论结局如何，电影总会重新开始？民珠用力地按下了手机的按钮，确认是否收到短信。这样看来，朴老师应该也谈过恋爱吧。民珠摆弄着纸杯，想象着恋爱中的朴老师所在的过去，还有自己和周浩的关系在结束后彻底改变了的未来。但是无论是朴老师的过去，还是自己未知的未来，在民珠的脑海中都没有被描绘好。取而代之浮现在民珠脑海中的，却是朴老师的笑容。虽然夜幕已经降临，但是坐在没有窗户而无法感知外边风景变化的系办公室里，民珠专心致志地凝思了一会儿。不久，便停止了对似乎永远不会到来的结局的思考，停止了对未知将来的忧虑。民珠喝着还保持着温度的热茶，决定只关注当下，只享受此时此刻的温暖。

一场漫长旅行的开启

　　睡梦中的他似乎听见空姐让他竖起靠背、打开窗户，此时他才似醒非醒地睁开双眼。昏暗的飞机内部在不知不觉中已经变得明亮起来。窗户上的遮阳板被陆续打开，熟睡中的人们在阳光的照射下纷纷醒来，或是起身把随身物品整理后放进行李架中，或是慵懒地打着哈欠用手揉搓着睡脸。坐在他旁边的一对年轻夫妇正在手忙脚乱地做着下飞机前的准备。年轻的爸爸起身从行李架中拿放东西的时候，惊醒了熟睡中的宝宝，刚睡醒的小孩儿一下子放声大哭起来。年轻的妈妈马上慌张地对孩子做出"嘘"的表情，极力哄着孩子。

在整个长途飞行途中，年轻的夫妇二人一直轮流抱着刚过周岁的孩子，非常辛苦。男人看着他们，心里很不是滋味，便搭话道："有婴儿摇篮的座位都被预约完了吧？"

"让您感到不方便了吧？非常抱歉。"年轻爸爸说道。

他摇了摇头。

"真可爱呀。"他看着孩子胖乎乎且柔软的小手臂，还有那睡梦中仿佛吃着什么东西一样、闭着眼也在蠕动的粉红色小嘴唇，觉得真是无比可爱。每当孩子惊醒哭闹，或是突然喊叫乱动的时候，夫妇二人都会满怀愧疚地向他低头表示歉意。

"没关系。"

真是一对有礼貌的年轻人。看起来非常疲惫的孩子妈妈，好像和他女儿的年纪差不多大。如果美珠以后也有孩子的话，孩子肯定也会那样可爱、漂亮吧。患有直肠癌的妻子最大的遗憾就是没能在在世的时候看到女儿生孩子。妻子在与病魔进行了最后的抗争后，于半年前去世。在医院治疗期间，医生曾毫无感情地跟他说，因为妻子比较年轻，所以病情发展得比较迅速。怎么能说是"因为比较年轻"呢？妻子离开后，他经常回想起医生的那句话中隐藏的含糊和不负责任的地方。医生们说的话似乎总像是为了逃避责任一样，模棱两可、含糊不清，不能给予患者和家属一个清楚的交代。

妻子住院的时候，在医院看护妻子的人一直是他。虽然和护工轮流照看着妻子，但他还是坚持每晚都睡在简易的床上，默默地在妻子身边守护着她。因为妻子身体虚弱，他平时就用湿毛巾擦拭妻子起角质的双腿，亲自喂妻子吃饭，将妻子照顾得无微不至。之所以有时间能够这样细心地照顾妻子，是因为自从妻子身患癌症，他便选择结束自己三十多年的教职生涯，退休了。

妻子希望在自己的病情变得更严重之前，先不要将自己患病的事情告诉正在国外留学的女儿，以免女儿担心。所以女儿很晚才得知母亲患病的消息，随后便马不停蹄地赶回了国内，但那时由于长时间卧床再加上病情严重，妻子的肌肉已经失去了力量。看着筋疲力尽、骨瘦嶙峋的母亲，女儿哭得快喘不过气来。就这样，他的妻子在春天即将到来的时候去了天堂，从此家里只剩他孤单单一人。女儿因为学业还未完成，不得不再次返回法国，他把女儿送到机场，目送女儿离开。再次回到家里，他打开空荡荡的房子大门时，才真正体会到妻子已经永远地离开了他。

妻子平时穿的拖鞋，还放在玄关前没来得及整理。这双无跟拖鞋是妻子去家门口的超市买东西时经常穿的，有时也穿着这双拖鞋送外出的他去停车场。他默默地把手伸进拖鞋里，身高不到160厘米的妻子，脚出奇的小，拖鞋里感受不到一点妻子的体温。那天晚上，他把家里的灯和电视机全部都打开了，没有睡在卧室里，而是躺在客厅的沙发上睡着了。失去妻子之后，他需要重新熟悉的不仅仅是寂寞和黑暗。

　　飞机开始下降，由于气压差，他开始感到耳朵里一阵阵地发聋。孩子可能也感到难受，哭闹声变得更大了，后座有人不耐烦地开始不停干咳。年轻女子满脸疲惫地紧紧将孩子抱在怀里。"别再哭了。"他的耳朵里传来了孩子母亲哀求般的低语声。他的耳朵被孩子的哭声刺痛了，但是看到不知所措的年轻夫妇，又感到非常心疼，所以丝毫没有流露出不悦的表情。为了掩盖脸上有可能会不小心露出的不舒服的神色，他急忙转过头，将额头贴在椭圆形的窗户上。

　　看着窗外，他想起了许多年以前一家人一起去春川游玩的那个冬天，刚满两岁的女儿突然因为热痉挛而失声痛哭。就在孩子即将失去意识的时候，彼时还很年轻的妻

子为了给年幼的女儿降温，用湿毛巾不断给孩子擦拭着火热的身体，而同样年轻的自己则望着窗外，焦急地等待着119[1]的到来。

随着离飞机跑道越来越近，窗外那些一丁点儿大的建筑开始渐渐被放大。机长通过广播说现在巴黎的当地时间为下午六点二十分，室外温度是三十摄氏度，天气晴朗。虽然已经过了下午六点，但外面还是像白昼一样明亮。飞机比预定时间提前了三十分钟到达目的地。

失去妻子后，他最苦闷的时间是一天三次的吃饭时间。最初的几天，他在饭店里解决用餐问题，后来开始自己做饭。而小菜呢，他只在小区的饭店里买小菜吃。不久后，他才知道超市里有卖已经腌制好的、做辣炒猪肉用的猪肉，还有做辣炒铁板鸡用的鸡肉。有时女儿也会

---

[1] 在韩国，火灾救援和急救都是119，连接到韩国119安全申报中心。

用微波炉加热塑料袋装的冷冻牛骨汤或大酱汤。虽然以前基本没有做过家务，但他为了保持原貌，不把房子变成废墟，也开始练习着刷碗、用吸尘器打扫房间，等等。

不过他不太会打扫卫生间。以前因为他喜欢在浴缸里沐浴，所以妻子每周日都会接热水，用清洁刷仔细地清洗浴缸的每个角落。他心想，如果每周请家政服务员到家里来一次，应该所有的家务问题都会得到解决吧？每当晚上他蹲在卫生间里清洗浴缸和瓷砖的时候，都会切身地感受到自己的身体在不知不觉中走向衰老，只干了一会儿就会腰酸背痛，头晕目眩，然后心里便开始估算着每月领取的养老金和银行的余额，以备不时之需。

妻子离开后，他尽可能地努力维持着妻子生病前的日常生活。他每天穿着登山服，将帽檐压低，去钟路一带和朋友们见面聊天，晚上回到家看完新闻后，便翻阅着退休之前教给学生们的朗费罗和弗罗斯特的英文诗，读着读着就睡着了。他特别喜欢弗罗斯特，妻子还没患病的时候，有时他还会给妻子背诵《白桦树》或《雪夜林边小驻》等诗。随着时间的推移，他似乎渐渐习惯了没有妻子的新生活。但是有一天，他突然有种冲动，想放弃这段时间以来所做的一切努力。

产生冲动的原因，并不是见完朋友回到家换衣服时才发现自己的内裤一整天都穿反了，而是自己又要独自走进空荡荡的房子里，不跟任何人说话就径直去睡觉。每当想到这儿，他就会感到一种难以忍受的孤独。他从碗柜里拿出烧酒，把调味紫菜当作下酒菜。本来只打算喝半瓶，但是在强烈的孤独感的包围下，不知不觉间整个酒瓶就空了。他觉得自己明明还有家人，此刻却独自一人喝着闷酒，这让他感到非常委屈。他躺在床上，脑子里想，如果女儿不能来自己身边，那他去女儿那里不就可以了吗？因为短期内去法国不需要另外办理签证，所以第二天他就马上前往旅行社购买了前往法国的韩国航空公司的飞机票。

走下飞机后，最先映入他眼帘的便是写有陌生语言的标志牌和墙面广告。看到佩戴胸牌的白人和黑人女子，他才真切地感觉到自己真的已经来到了别的国家。

因为不会外语，他跟着同航班上的韩国人办理了入境手续，在路上远远地看到了飞机上坐在自己旁边的那对年轻夫妇。办理入境手续之后，他便跟随夫妇二人来到了领取行李的地方。

"在这里领取行李就可以了吧？"他走近年轻夫妇问道。

夫妇二人再次见到他，露出了惊讶的表情，马上给他让出旁边的位置并说是的。他手里紧握着在仁川机场收到的行李票，目不转睛地注视着旋转的移动传送带，在上面寻找着自己的行李箱。

"拿到行李后从那边出去就行了。"不一会儿，已经率先拿到行李的年轻夫妇用手指着机场的出口对他说，"您不是说女儿会过来接您吗？飞机提前到达了，您的女儿可能还没有赶过来，我们陪您一起等吧？"

他不想给那对善良但是看上去已经疲惫不堪的夫妇添任何麻烦，便说："谢谢，没关系，我的女儿很快就会来了。"

"马上就要见到久违的女儿了，您应该很高兴吧。"女子说道。

现在，婴儿车里的孩子又睡着了。他和年轻夫妇道别后，看着他们推着整整齐齐装满行李的手推车和婴儿车，渐渐消失在机场的出口处。他们说从机场出去后，要乘坐两个小时的高速列车，才能到达与边境相邻的城市。真是一对受过良好家庭教育的年轻人啊，他对社会上有像女儿一样正直的年轻人感到心满意足。

年轻夫妇走后又过了一段时间，他才看见自己那绑着行李带的蓝色行李箱。这个行李箱还是他年轻的时候，第一次去教师研修时和妻子一起去南大门市场买的老款。每当他去研修时，妻子都会把内衣和袜子整整齐齐地叠好放在行李箱里，给他整理好一切随身物品。出发去法国前他在家里找出了自己的这个行李箱，用手抹去了行李箱上因为长久闲置在仓库里而积满的灰尘。

好不容易又要去旅行了，他的心情激动不已。上一次外出离开家，已经是很久很久之前的事了。虽然曾经和妻子计划过一起去福冈等地旅行，但由于妻子突然患病，他们哪儿都没去成。

取到行李后，他从年轻夫妇给他指向的出口走出了机场。玻璃门一打开，外边满是等待着接机的人，外国人那陌生的面孔不断地从四面八方涌来，耳边传来的也是完全听不懂的陌生语言。接机的人当中，有的人举着写有某人名字的纸张，有的人则挥舞着双手或者喊着某人的名字。他的眼睛在这些人的缝隙中来回扫视，但令他遗憾的是，他并没有看到女儿的脸。他想肯定是因为飞机比预定的时间提前降落，所以女儿还没有赶来。他心里确切地知道女儿肯定在来机场的路上，马上就会来接他了。

他从身材高大的白人中间挤了出来。这时，站在一旁的一个亚洲人向他大声叫喊着什么。他对那个亚洲人做出了完全听不懂的表情，或许是因为都长着亚洲人的脸孔，那个亚洲人似乎无法理解他为什么听不懂自己话语，反而更大声地对他说话。

当他的注意力都在对面传来的话语时，一个黑人从他身边路过，一边对他说着什么外语，一边示意着他闪开别挡路。周围非常地吵闹，再加上身边不断有人走来走去，导致他也只能拖着行李箱被挤得来来回回，这让他感到烦躁无比。一种无以言表的悲哀感油然而生。好不容易才躲到一个稍微安静的角落里，他喘了口气，自始至终都紧紧地握住旅行箱的提手。

过了一会儿，他从夹克口袋里掏出了手机。开通漫游的手机上显示着当地的时间，可以看到，显示时间的数字已经越来越接近他告诉女儿到达的时间了。他不停地观察着两边，以确认女儿是否也正在寻找自己。他知道自己需要再等一会儿，而且也相信女儿是不会迟到的。但即便如此，他心里还是担心会不会出什么事情，又再次陷入了不安之中。

自幼就非常独立的女儿，一次也没有让父母担心过。女儿小时候家里并不是很富裕，而且更为重要的是，作为公立学校的教师，他始终坚持原则不对女儿进行特别的课外辅导。但即使这样，女儿还是通过自己刻苦地学习顺利考上了位于首尔的一所好大学，全家人都为女儿能考上理想的大学感到高兴。不仅如此，女儿大学四年以来成绩一直都名列前茅，几乎每年都能获得奖学金，毕业的时候还作为优秀学生登上讲台领奖。优秀的女儿一直以来都让他感到骄傲和自豪。

不会的，不会发生什么事的。他认为只要见到女儿，所有的不安都会消失。他为自己居然会一个人在机场里忧心忡忡地胡思乱想而感到愚蠢。

其实，一直以来想要来法国旅行的是妻子。当女儿提出要去法国留学的时候，他是反对的，但是妻子与他的观

176

点不同。正因为女儿要去的是法国，妻子才非常支持女儿的选择。妻子对法国有着莫名的信任和亲切感。女儿和他们相约三年后再见，但是女儿回国的日期似乎遥不可及，于是妻子以想看看女儿如何独立生活为由，吵着让他跟着她一起去法国。与妻子截然相反，他对法国这个国家毫无兴趣。

虽然嘴上说一点儿都不感兴趣，但是对被誉为"艺术天堂"的国家法国，要说没有一点儿期待和想象也是完全不可能的。

令他焦急等待的女儿迟迟不见踪影，于是他倚靠在一侧墙上，环顾着机场的四周。他觉得戴高乐机场和仁川机场相比真是小得太可怜了，灯光也暗淡不堪，不得不说，戴高乐机场实在令他非常失望。

"戴高乐机场也不过如此。"他独自嘀咕着，想抽支烟。仿佛这样吐槽完，心里的不安感就可以消失一点。他心想，过不了多久，女儿就会向他跑来了。只要能见到女儿，他就不会再感到孤独。想到这里，他的内心顿时轻松起来，顺势舒展了一下蜷缩了许久的肩膀。

距离原本预定的到达时间已经过去了很久，可始终不见女儿的到来。到底是怎么回事呢？他认识的女儿不是一个会让父亲长时间等待的人。他很早就教育女儿遵守约定的时间有多么重要。就像捡起扔在路边的垃圾，或是将只用过一次的纸巾叠起来留着下次再用一样，虽然都是些微不足道的小事，但因为能体现人品，这些小事也十分重要。女儿在他的优秀教育下，也从小就养成了良好的道德品质。

他想，也许女儿还没有找到他，正在机场里四处徘徊呢。就这样又过了十分钟，他从倚靠的柱子上直起身来，四处张望着寻找女儿的身影。找寻了一会儿，他没有看到女儿，映入眼帘的反倒是一个穿着暴露的衣服、和一个男人接吻的年轻白人女子。他皱着眉头慌忙地转过头去，但这次又看到了一个骨瘦如柴的白人男子搂着一个胖胖的亚洲女性的腰部。他突然感到心跳加速，就像很久很久之前他带着女儿去网浦海水浴场，女儿突然从他眼前消失时一样，一股不安感迅速笼罩了他。女儿一直以来都生活在这样的国家里吗？果然家人之间分开生活非常不好。妻子认为法国是个非常了不起的国家，但那是因为妻子从未来过这里。如果妻子早知道这里的风气有多么……一想到这儿，下飞机后他所经历的各种令他不愉快的事，一股脑儿地浮现在他的脑海。

从他身边使劲推搡他挤过去的人，还有因为他不小心站在欧盟人入境者的队伍里而抬高下巴示意他去另一个队伍排队的、脸色煞白且露出一副不耐烦的表情的机场小职员，还有以一副高姿态询问他入境理由的入境审查官员等，这些人都让他感到非常不愉快。

"到了巴黎以后千万不要把手机或者钱包放在衣服后面的口袋里，虽然以后您的女儿也会告诉您。"他突然想起在飞机上，坐在他旁边的年轻男子告诫过他。这里的扒手真的非常多，想到这儿，好像周围的任何人都有可能是扒手一样，他再次紧紧地握住了蓝色行李箱的提手。

又过了二十分钟，他终于见到了等待已久的女儿。

"爸爸！"女儿冲破人群气喘吁吁地跑过来。一看到女儿，他内心的一块石头总算是落了地。女儿说她在与机场相连的快速地铁上发生了事故，所以才迟到了。女儿喘了口气，亲切地询问他，长途飞行是不是很疲惫。

"一点都不累，比想象中要舒服。"

因为暖气流，飞机经常晃动。旁边座位上的孩子每当飞机摇晃时就会大哭，因此他一直没能睡好觉，感觉很疲劳。但此时的他正沉浸在和女儿重逢的喜悦之中，所以就那样简单地回答了。他对法国这个国家一点兴趣都没有，之所以强忍着长途飞行的疲惫感，坐了八个小时的飞机飞过来，只是想确认在这个世界上他还有家人，他并不是孤单的一个人。所以此刻，他不想因为一些其他的、无关紧要的、琐碎的、次要的事情，破坏与女儿重逢的喜悦。

女儿说如果要回家，就要乘坐机场巴士，再换乘两次地铁。看着女儿用流利的外语向他人询问乘坐机场巴士应该去哪里，他从内心深处涌出自豪之感。光是想想能在女儿的陪同下参观埃菲尔铁塔和卢浮宫等旅游胜地，便足以让他心潮澎湃。或许是因为太高兴了，一向沉默寡言的他，开始向女儿讲述在机场等她时发生的事情。

他谈到了有礼貌的年轻夫妇和他们的孩子、高姿态的机场工作人员和一些游客们，还有，他最终讲了刚才傻傻地站错了队伍。然而当他说到有个女人袒胸露乳地在机场里和男人拥抱接吻时，女儿大笑起来，若无其事地说道："爸爸，在这里，这些根本不算什么。"

根本不算什么！他养大的女儿不是那种把丑陋的、下流的事情当作笑话而一笑置之的人。这孩子会不会也在他不在的时候，到处和男人接吻，就像那些随意裸露身体、不知羞耻的人一样呢？那是绝对不像话的事情。

"叮"，随着电梯灯的亮起，电梯门打开了。不知从哪里来又不知去向何方的人们挤满了机场。大家放着自己的家不回，纷纷这般匆忙地去往哪里呢？不知从哪儿传来的机场广播，就像波涛一般，一阵一阵地掠过机场的每个角落。四周散发着从未闻到过的陌生气味，这些都让他真切地感受到自己已经身处地球的另一端了。

比他先一步进入电梯的女儿，看着直挺挺地站在电梯外的父亲，似乎在用眼神问他"有什么事吗"。不过半年没有相见，但是站在一群外国人中间的女儿，看起来是如此陌生。站在电梯外的他，此时就像一个失去了故乡的人，顿时孤独感席卷全身。

"没什么，快回家吧。"

他仿佛瞬间老去，紧紧地抓住行李箱，走进了电梯。一场漫长的旅行即将开启。

紧闭双眼时

在这个夏日即将结束的时候，我和曾经的恋人时隔二十年后相约一起吃午饭。

窗外大雨滂沱。两人各自都没能顺利找到约定的那家中餐馆，所以一直在雨中徘徊，见面后才发现彼此都被雨水浇透了。我一只手撑着雨伞，一只手在雨中艰难地拿着手机看地图。熟人推荐的这家中餐厅叫作"七星饭店"，好不容易按照地图上的指示来到了饭店所在的位置，但是地址所在的建筑上的牌子并不是"七星饭店"的招牌。虽然二楼确实有一家中餐馆，但是餐馆的名字是"中国香"。

这是怎么回事呢？我以为是自己找错了地方，但是环顾四周才发现，周围的确只有这一家中餐馆。当我狼狈不堪地再次站在"中国香"的楼前不知如何是好的时候，如果不是因为突然看到窗户上写有"七星饭店"的字样，我可能还会因为找不对正确的地点而在雨中徘徊更长时间。

"你也没顺利找到餐厅吧？"当我顺着又破又陡的楼梯来到二楼，走进灯光昏暗的餐厅时，比我先到达的他微笑着向我问道。

我整理着湿漉漉的头发，摇了摇头："到底是怎么回事啊？不是叫'七星饭店'吗？难道餐厅换了名字？"

"时隔这么多年再次相聚，没想到咱俩都被浇成了落汤鸡，再次见面时的模样还真是狼狈啊。"

我们俩看着对方狼狈的样子都不由自主地笑出了声，也多亏了这笑声，没有出现我预想中的、两人刚见面就彼此尴尬的场面。不知道是因为约定的时间避开了午饭的用餐时间，还是因为外面的暴雨下个不停，饭店里只有我们两个客人。店里安静得只能听见墙上挂着的风扇发出的缓慢转动的声音。

我和曾经的恋人在青春懵懂的二十岁相识，热恋了两年才分开。他现在已经和别的女人结婚了，他们在加拿大生了两个孩子，一直在那里生活。以前我们是一个系的同届生，虽然后来分开了，但是在学校里也会因为这样那样的事情偶尔碰面，时不时也会从别人那里听来有关对方的消息。

但是分开后我们从来没有再单独见过面。就在前几天接到他的电话之前，我连想都没想过我们此生会再有面对面吃饭的一天。当然在很久很久之前，因为想问他一些事情，我曾有过和他见面的想法。当时那颗想见面的心是多么的迫切啊，迫切到在之后的很多年里，每当季节交替的时候，我都会在梦里让他回答我。但那都是过去的事了，现在的我对他已经没有任何好奇的地方了，如果不是因为他突然打来了电话，估计我也不会再想起他。

虽说如此，但我对自己感到意外的是，当他打来电话，说自己好不容易回到韩国，想顺便跟我见上一面的时候，我竟然并没有太犹豫，马上就答应了。他说，这次回韩国一方面是为了给父亲庆祝七十大寿，一方面是想和家人们一起度过即将结束的夏日假期，所以大概会在韩国停留十天左右。那么，我到底为什么答应和他见面？我作为一名自由网站设计师，从早到晚都忙于工作，即便是和好朋友们见面，也要从好几个月前就事先约定好，可接受他的邀约却连一分钟都没用。

或许我也不太清楚自己的内心，难道在我内心深处的某个角落，还执着地想要向他证明自己已经成为那个可以潇洒地和他吃饭、即使再见面内心也毫无波澜的坚强女人了吗？这个欲望还存在吗？我在前往约会地点的地铁里不停地这样问自己。或者想让他对错过我而感到遗憾，又或者想让他看看我现在过得有多好，但是在除了我们外一个客人都没有的中餐厅里，当我和他面对面坐下的那一瞬间，我仿佛知道了：答应和他见面，和我在地铁里所想的一切

188

都没有关系。

"你喜欢茄子吧。"他说。

就像是昨天还见过面的人一样，他还清楚地记得我的口味。我们点了我喜欢吃的鱼香茄子，点了他喜欢的干烹鸡，还点了绝对不能少的白酒。

"嗯，这里的菜真的好吃。"他比多年前我记忆中的样子胖了些，头发也变稀少了，一边吃着干烹鸡一边说。正如他所说，这里饭菜的味道真是绝了。特别是鱼香茄子，轻轻一咬脆皮，伴随着发出沙沙的声音，脆皮就碎了，那种入口即化的口感我在任何地方都没感受过，做得真是太美味了。

不知道是因为饭菜太好吃了，还是喝了白酒而感到飘飘欲仙，又或是因为窗外唰唰的雨声，刚刚被雨水淋湿的身体渐渐变得暖和起来，身体也开始有些发软。

"你还是老样子呀。"

他还和以前一样，只要是吃到了好吃的东西，嘴就会不由自主地向前伸。看到眼前这个如此熟悉的他，一股怀念之情不禁涌上心头。窗外的雨丝毫没有减弱的迹象，继续倾盆如注地下着，把昏暗的餐厅内部衬托得更加幽静。我们边吃边回忆着那些青葱岁月。

"对了，你还记得那个前辈吗？"

我们之间谈论的大部分话题都是有关我们共同认识的前后辈的事情。比如，男同学们每年只对女新生感兴趣；他们都讨厌的那位前辈因为未婚先孕早早地就结婚了；终日沉迷于台球厅的某个后辈后来竟然做了牧师，又或是大学新生集体去参加 MT① 的时候，喝醉了酒的同届生中谁和谁动手打了起来；同年级中谁和谁交往期间，趁着男生

① MT 是 Membership Training 的缩写，指韩国大学生集体旅行促进同学关系的活动。其实在韩国，不少公司也会举行 MT 活动，以此来促进同事之间的关系。

去部队服役时，女生和一个后辈好上了，离开了这个男生……诸如此类的八卦话题。

随着对话时言语间的你来我往，我们也会情不自禁地回想起在一起的那些时光。眼前浮现出他在我住的寄宿房前的胡同里来回踱步的样子。那时的我们才二十岁，在那个秋天，我得了重感冒，他为了给我送感冒药，半夜骑着自行车飞奔而来，气喘吁吁地在路灯下等我。

那时，年轻气盛的我们总是以义气为重，朋友无缘无故地坐在啤酒屋卫生间的地板上哭泣，我们则把自己当作讲义气的伙伴，在朋友身边傻傻地等待着他恢复平静，却一点也不知道此时浪费的时间在我们的人生中是多么的可贵。

那时的我们，因为一点小事就信誓旦旦地谈论正义，血脉偾张地试图打架，一失恋就会和朋友抱头痛哭。四十岁这个年纪，是当时的我们根本无法想象的未知世界，而想到三十岁之前就必须要做出人生的决定，又终日忧心忡忡，焦虑不安。那时的我们，好像拥有什么都能做成的自信，又好像什么都做不成，终日在不安中摇摆不定。但即便那样，也享受着只有在那个年纪才被允许的不负责任和无所顾忌的自由。年轻时的我们毫不畏惧地相信永远，相信会一直在一起，所以将填满信息的结婚登记表潇洒地放在包里，带在身边。

窗外的雨丝毫没有减弱的迹象。虽然已经吃饱了，但是他恳切地说去加拿大之前一定要吃海鲜面，于是我们又点了三鲜海鲜面和炸酱面。以前，我们点炸酱面和海鲜面时，一定会分一半给对方吃，当我正在犹豫要不要分给他的时候，脑中却突然想起了那个未曾相识的他的妻子，于是为了划清界限，我放弃了分给他吃的想法。

他在正式开始吃海鲜面之前，把所有的红蛤肉都剔了出来，随后把贝壳一层一层地在桌子上堆好。这好像是他在我们没见面的这段时间里养成的新习惯。贝壳都堆好后，他用筷子把面在汤里打散。此时他转变了话题。谈到了加拿大的退休金制度和养老问题。

"你的未来是状况不稳定的单身自由职业者，所以更应该关注养老问题。但是一个人生活没有压力其实也挺好的。我的妻子因为育儿压力太大了，每天大把大把地掉头发。"

不婚的自由职业者其实也有自己的苦衷，但是我并没有对他说出来。

"孩子们几岁了？"

"一个七岁，一个四岁。"

"正是最可爱的年纪。"

"是吧。不过可爱归可爱，哎哟，你以后有了自己的小孩就知道了。"

虽然一见面我就说了我是不婚主义者，但是他仍坚信我总有一天会结婚生子，这让我不由得产生了同样的想法。正思考着这个问题时，他又提到了和家人一起回到久违的故乡，回家看望父母的事情。他的故乡在大邱旁边的一个小城市里，是一个以产葡萄闻名的地方。在我们交往期间，对故乡有着特殊感情的他，每当我吃葡萄的时候，都会摇着头说："首尔的葡萄不是真正的葡萄。"

"回到故乡的第一天吃过晚饭后，妈妈说要帮我们照看孩子，让我们夫妻俩放松心情去外面兜风。从加拿大的家出发开始，我和妻子一路上一直忙于照看两个年幼的孩子，已经筋疲力尽了。所以当听到妈妈的话时，我们真的是无比感谢又无比开心。一想到可以和妻子去市内吃夜宵，去曾经充满回忆的地方看看，我就非常期待，非常兴奋。"他自己往酒杯里斟着瓶里剩下的白酒说道，"但是，话又说回来，我开着爸爸的车载着妻子去市里，虽然已经是黑漆漆的傍晚，但市里的晚上未免太夜深人静了，静得简直鸦雀无声。"

他若有所思地摆弄着手里的空酒杯，"再向前走一会儿，应该会出现什么吧？应该会有什么吧？一边心里这么想，一边向市中心的方向前进，但是连一家开着灯的商店也没有出现，大街上一个行人都没有，就像一座幽灵城市。你不是也去过吗？你知道，这儿不是那样的城市。"

听了他的话，我想起那年他回到故乡，而我为了去见他，第一次去 Y 市的往事。除了知道这个以葡萄闻名的城市的名字以外，我对他的故乡一无所知。在二十岁的那个暑假，我没有丝毫犹豫地踏上了前往 Y 市的火车。到达大邱后又换乘了长途汽车，汽车又开了好长一段时间以后，才终于到达了 Y 市的长途汽车站。我给他打去电话："是我，如果你的心里还有空位，我想当你的女朋友。"接到我的电话，他穿着工装裤和三线拖鞋就跑来了，激动地对我说："怎么办？我好像把我人生中所有的幸运都用光了。"那时的我们是那样单纯、深情，且对未来充满憧憬。

"后来我才知道，因为商圈太萧条，大部分商店都关门了。留在家乡开炸鸡店的朋友说，年轻人都离开这儿去大城市发展了，没有了消费者，商圈的经济自然也就不景

气了。太阳一落山，商家就都拉下卷帘门回家了，因为这样做会最大限度地减少他们的损失。"

他用凄凉的语调接着说："这么一看，留在这里的朋友几乎没有几个了。因为我也是离开家乡的人，所以无话可说。就这样，我带着妻子经过了曾经和朋友们一起走过的街道。就是这里，我骑着小摩托车来过。在没有一盏灯亮起的楼前，我向妻子讲解，这里有我和朋友们一起吃过汉堡包的乐天利。当时的心情真是难以言表。哪怕只有一家商铺亮着灯也好啊，可让我失望的是，环顾四周，真的没有一家店里亮着灯了。"

我看着窗外，听着他那低沉而带些困倦的声音。透过窗户，我看见人们打着雨伞，匆匆地走向某个地方，但是不知道这座城市是不是整个都被雨水浇透了的缘故，看上去就像废墟之城一样，寂静且毫无生气。

比起以前的他，现在的他话变多了。听着他滔滔不绝地讲着，我想着如果我们当初没有分手，那么他旁边的位置应该是我的。整个城市就像被倾倒了黑色的染料一样，二十岁出头的我和他一起在这漆黑的城市中牵着手奔跑……我的脑海中浮现出这样的幻影。当初我们还在一起的时候，别说是车了，他连驾照都没有。那时候，我们没有的东西太多了。无论是在和他交往期间，还是分开之后的一段时间里，我都一直在想，如果我拥有的东西再多一点的话，不管是美貌还是才能，又或是像博爱主义者一样拥有一颗宽容的心灵，那么我们的关系会变得不一样吗？假如，真的只是假如，如果我不是曾经的那个我，而是一个更优秀的人，那么我会得到他更多的爱吗？

如今，我可以很自信地告诉任何人，与那时的自己相比，我更喜欢现在的自己。现在的我，不会再因为没有活成真正的自己而感到焦虑不安。现在的我，终于能成为从心底喜欢自己的人了。而且我知道以后我也会越来越活出自我，让自己的生命更加多姿多彩。听着他的故事，我清楚地知道，我失去的东西，再也不会回来了，只有在我紧闭双眼的时候，才会暂时回到我的身边，但又会随着我睁开双眼而再次远去。当我还没意识到那些东西是属于我的，就已经失去了一切。虽然会有遗憾，但这些都会成为我无限的思念。

我瞥了一眼像残骸一样放在餐桌上的红蛤壳，然后又把目光移向了窗外。现在的雨势已经逐渐减弱了，呼啸的狂风也终于平静了下来。就这样，我坐在曾经叫"七星饭店"，现在变成"中国香"的饭店里，凝视着一辆开着车前灯的汽车驶向城市的另一端。在这座即使在白天看来也是一片漆黑的城市里，那辆车急速地向前飞奔着。我想着，管它叫什么名字呢，要是这家饭菜味道极好的餐厅能一直在这儿亮着灯、经营下去，那该有多好啊。

惨淡的光

　　女孩儿的鼻尖处似乎飘来了一股甜甜的香味。在好奇心的驱使下，她缓缓地睁开了睡眼。黑暗中，隐约可见男孩儿的睡脸正好在她的鼻子前方，他们的脸靠得很近。女孩儿就像一只充满好奇心的小狗一样，慢慢将鼻子贴近男孩儿的脸。

　　甜甜的咖啡香味从男孩儿的嘴里散发出来。女孩儿心想：我最后一次喝咖啡是什么时候来着？一想到已经八个多月没喝过咖啡了，并且在今后的一段时间内也不能再喝咖啡，女孩儿心里突然有点难过。女孩儿把自己的嘴唇叠在男孩儿的嘴唇上，感受着那久违的咖啡香气。

"起床吧。你知道现在已经几点了吗？"

女孩儿使劲压了一下男孩儿的嘴唇，受到惊吓的男孩儿突然睁开了眼睛，随后马上伸出手去拿放在地板上的手机。

"三点二十分。"男孩儿用还没睡醒的声音说。

还不到下午三点三十分，半地下的房间便已犹如日落时分一样昏暗了。女孩儿想钻进男孩儿的怀里，再依偎一会儿，但已经怀孕八个月的肚子让她很难再向前靠近。

"起床吧。"

"为什么？"男孩儿从夜间一直打工到凌晨，因此已一脸疲惫，揉搓着眼睛问道。

"我做了一个梦。"

"梦？"

"嗯。"

女孩儿最开心的事就是一从梦中醒来就对男孩儿讲述梦中发生的故事。因为女孩儿从小就经常在梦境中徘徊，醒来后，总有一种紧急迫降在陌生行星上的感觉。孤单，害怕，又不知所措。只有在向某人讲述了梦中发生的故事之后，才能觉得如释重负，摆脱分不清现实与梦境的混乱感，勉强回到现实世界的这片海洋中来，将船锚抛下。

男孩儿是第一个可以不厌其烦地听她讲故事的人，所以女孩儿总是愿意讲给他听，和他分享梦中的故事。在刚刚的梦中，一个临产的女孩儿和男孩儿牵着手走在公园里。公园里俨然已是一派春意盎然，到处都开满了黄澄澄的水仙花，似乎一眼望不到花海的尽头。在近乎完美的光线下，女孩儿发现正中央有一只可爱的松鼠。女孩儿拉着男孩儿的手说："快看那边。"

真是一个美丽的梦啊，任谁听了都会说，那是一个让人感到幸福的梦。梦中出现的一切都是那样温柔、绚丽且让人留恋。所以，当男孩儿听女孩儿讲完梦里的故事而说了一句"好可怕"时，女孩儿感到非常错愕。男孩儿试图去理解女孩儿的想法，想给女孩儿做出解释："为什么可怕……"他一个人认真地思考了一下，但是仍旧没能找到合适的答案。女孩儿没有追问下去，默不作声地用手摆弄着男孩儿衬衫的一角。

"我们能守护好我们的孩子吗？"女孩儿若有所思，过了好一会儿，突然打破沉默问道。

这时男孩儿才意识到，女孩儿应该是因为几天前在妇产科候诊室发生的事情而感到不安。去妇产科做定期体检时，他们看到一个男人把刚从大医院送来的男孩儿移送到新生儿重症监护室去。

男人一脸疲惫地坐在候诊室里和某人诉说着。他说，孩子弱小的身体上挂着人工呼吸器和吊瓶，甚至还插上了胃管。"还有希望吗？"这个看上去比女孩儿和男孩儿大二十多岁的男人，垂下了宽厚的肩膀，无声地哭泣起来。

虽然男孩儿平生都非常憎恨父辈，但不知为何，那时的男孩儿却想搂着男人的肩膀安慰他。会不会只是敷衍地同情呢？会不会像那些暗地里想着只要不是发生在自己身上，就会感到万幸的人一样呢？虽然自己很讨厌那样的人，但也担心自己会不会和那些人一样。不过，男孩儿好像平生第一次可以成为宽容的人，即将成为父亲的男孩儿，好像可以和那个男人感同身受。虽然没有什么安慰的话语，但男孩儿想默默给那个男人传递能量。或许他想让自己的孩子在一个无比美好的世界里、一个充满爱的世界里出生吧。为此，他也在身体力行地做出努力。

"即使出了那么大的事故，不也是所有人都得到了救治吗？所以不要担心，我们的孩子肯定也会健健康康地长大的。"男孩儿回想起在家门口的面店里看到的新闻说道。

家门口的面店是他们日常经常光顾的地方，因为那里的老板不会将冰冷的目光投向临产的女孩儿，也不会在背地里对他们说三道四，就像对待普通的客人一样对待他们。因此，在这里吃饭能让他们感到舒服。他们在这里吃了紫菜包饭和饺子作为早午饭，吃饭的时候他们看到了店里的电视中播放的新闻快讯。女孩儿听了男孩儿安慰的话，安心地点了点头。

　　"那倒也是，完全就像奇迹一样，是吧？"

　　"嗯。"

　　"亲爱的。"

　　"嗯？"

　　"亲爱的，你听过那句话吗？"

　　"什么话？"

"希望就是奇迹。"

"没有，你从哪里听到的？"

"我也不知道，但是肯定从哪儿听到过。希望就是奇迹。希望虽然像神一样没有具体的形态，却犹如野火一般可以蔓延开来。很精彩的一句话吧？"

男孩儿听了女孩儿的话，不解地歪着头。或许是因为女孩儿平时看了很多书，也经常在网上看很多视频，所以经常会说出一些男孩儿听不懂的话，但也正是因为女孩儿的这一面，男孩儿时常感到新鲜，他觉得比他懂得更多的女孩儿无比可爱。

"我们来亲密一次吧？"男孩儿抚弄着女孩儿丰满的胸部问道。

"不行，医生说过现在同房的话可能会有危险。"

"一会儿也不行吗？"

"绝对不行。"

男孩儿虽然一脸沮丧，但听了女孩儿的话还是像只温顺的浣熊一样点了点头。女孩儿喜欢男孩儿的纯真，她就这样和男孩儿面对面躺在地板上。半地下的家里的窗户像舱船中的窗户一样小，透过舷窗一样的小窗户，有一束光擦肩而过，他们好不容易才看清彼此的表情。

"亲爱的。"

"嗯？"

"你从手机里搜索一下刚才的事故是怎么发生的，应该有孩子被救后和妈妈见面的视频吧？我想看看。"

"看了干什么，又想哭？"男孩儿开玩笑地说着，然后转动着身体趴在地板上，伸手去找手机。

"找到了吗？"

手机屏幕上的灯光打在男孩儿的脸上，一闪一闪。等得越来越无聊的女孩儿伸手要去抢男孩儿的手机。男孩儿猛地转过身去，把手机又推到另一边。

"对不起，流量好像都用完了。"

"嗯？ Wi-Fi 信号也没有了？"

"是啊，一点信号都搜不到了。"

"也是，不久前房东家的 Wi-Fi 上设了密码。"

"是的。"

"房东肯定是察觉到了我们偷用他的 Wi-Fi，真小气，是吧？真小气。"女孩儿半靠着躺在地板上，嘴里嘟囔着，"嗯，真的很小气。"

"亲爱的。"黑暗中，男孩儿再次低声呼唤着女孩儿。

"嗯？"正笑着抱怨房东的女孩儿把头转向了男孩儿。

"我可以把耳朵贴在你的肚子上吗？"

"这么突然？"

"只是想贴着听一听。"

女孩儿点了点头，男孩儿轻轻地把耳朵贴在女孩儿圆鼓鼓的肚子上，仔细地倾听着，似乎在等着肚子里的孩子动一动。

"亲爱的，你刚才说什么来着？"

"什么？"

"希望……什么的。"

"希望就是奇迹？"

"还有呢？"

"希望会像野火一样蔓延？"

男孩儿的耳朵一直贴在女孩儿的肚子上，静静地在黑暗中等待，等待着一个希望，一个生命。房间里的阳光虽然惨淡，但他们的内心深处因为即将到来的小生命而充满了希望之光。世界依旧危险，依旧充满未知，但他们相信，只要两个人都给予孩子坚定的爱，就会出现奇迹，希望之火就会不断蔓延开来。而即将成为父母的他们，也会因为孩子的出生而变得坚强，变得无所畏惧。

此时，从不知是哪里的远处，传来了海浪的声音。

无事之夜

　　医院位于城郊，这儿附近的民宿建筑风格几乎都模仿普罗旺斯式建筑，而这家医院就是在大规模民宿兴建时被一同建立起来的。这所在曾经野花遍地、杂草丛生的荒芜之地建立起来的医院，不仅配备了最新的医疗设备，还以高质量的医疗服务远近闻名。医院矗立在周围都是相同颜色屋顶的民宿之间，附近大部分行动不便的老年患者都住进了这里。

　　全国已经连续下了好几天暴雪，民宿原本颜色亮丽的屋顶纷纷被厚厚的白雪覆盖，形成了一致的白色。开发该地区时，为了让道路看起来更具特色，便设计成了围棋棋盘的模样，而此时道路也在皑皑白雪的覆盖下，丝毫看不出一点围棋的样子了。沿着医院前面的道路一字排开的、已经凋零的水杉树上同样积满了厚厚的白雪。饥饿难耐的流浪猫在垃圾箱里翻找着可以充饥的食物，但是在这个冰冷的雪夜，街上连人都没有，垃圾箱里自然也就空空如也。最终，体力不支的流浪猫就这样被深深地埋在雪中，身体也迅速变得非常僵硬。远处，两辆除雪车为了清除积雪，开着车前灯缓缓驶来。在这片被白雪覆盖的区域里，医院俨然变成了一座无人岛，矗立在那里。

她在医院单人病房里照顾长期住院的老人，已经将近一年了。来到异国他乡照顾患者，不知不觉已经进入第五个年头。现在，她对大部分的事情都已经变得漠不关心，无念无想。对于医院里的人们来说，她只是在外观相同、大小不同的病房里工作的众多看护者之一。而病房里的老人，对她来说也只是穿着相同病号服的众多老人中的一个。因此，如果不是这次暴雪，如果不是医院因为暴雪而被孤立，那么老人的去世，就如同她在医院工作时目睹的无数死亡一样，是再平常不过的事情。她早已对这些习以为常，不会对生命的消失而产生任何心情上的起伏。但偏偏那一年，雪下得格外大，普通事件变成了例外事件。就像爱情开始萌发的原理一样，果然，完成这种转变，只需要非常细微的差别。

"请联系监护人。"医生用沉闷的语气说道。

12 月 31 日是降雪量的最大值再次被刷新的日子。就连降雪非常稀少的南岛也迎来了三十九年来最大的暴雪。如果在往年，街上必定满是准备跨年的人们，大家为即将送走这一年而感到遗憾，又为马上能迎来新的一年而感到高兴。但是在这一年，全国的街道都变得冷冷清清，一个人的身影也没有。

街边的商家们似乎已经预感到要错过这次节前的旺季，酒吧和餐厅老板们的脸色已经连续好几天都黯淡无光了。连降的大雪导致全国交通管制。路上那为数不多的几辆车里肯定是载着有急事要办的人们，汽车以缓慢的速度沿着除雪车开出的道路前行。

医生在老人的嘴上挂上了氧气呼吸机，用毫无气力的语气指示着护士们需要注意的事项。每当老人呼吸的时候，呼出的气就像雪花一样挂在透明的氧气罩上，一会儿又消失了。

窗外的雪漫不经心地下着。她在忙碌的护士和医生身后默默地注视着老人，老人的身上插满了各种治疗管，身体艰难地鼓起来又瘪下去，就像结实的橡胶废轮胎一样，强行被充着气。

她在想，老人的孩子们能在老人去世前及时赶到吗？外面的雪下得太大了，医院里的人们常说，老人们一定要在见到想见的人之后才会安心地离开这个世界。但她也知道，并不是所有人都能等到想见的人。世界上肯定有想见谁却没见到，或者谁也不等就匆匆离开的人。

老人两个女儿中的其中一个，最先收到了老人病危的消息。另一个女儿的电话里则一直传来海外漫游的提示音，始终联系不上。联系上了的女儿一听到消息，就哽咽着说马上会出发。

离老人的这位监护人到达还有很长一段时间，因为已经到了午饭时间，她就开始准备吃饭。医院里有人去世，是司空见惯的事情，所以她并不会因为有人要去世而扰乱自己的作息。她在呼吸困难的老人旁边，边看电视边吃着午饭。饭菜清汤寡水，味同嚼蜡。从早到晚，医院里的电视画面上都是因暴雪而受灾的地区。画面中，因雪崩而无法出行的居民们正在用塑料铲努力地铲出一条雪路。稚气未脱的少年军人从车上下来，开始配合部队进行除雪作业。

分明是非常紧急的情况，但由于电视静音了，画面中的场面看起来非常安静，丝毫感受不到事态的严重性。她对老人有规律的呼吸声、医疗器械反复发出的噪音早已麻木。除了餐盘和餐盘之间碰撞的声音、外面走廊里拖着笨重物品的推车的车轮声之外，医院里显得异常寂静。

她坐在一张简易的床上半睡半醒，突然电话铃响了。是老人的女儿打来电话询问老人的状况。女儿说，因为路上积雪太严重，车子被卡在路中央动弹不得。虽然她还没完全从睡梦中醒来，但从电话中听得出老人的女儿很焦急。她慢吞吞地回答说，老人还活着。挂断电话后她想了想，打电话来的是老人的大女儿还是小女儿呢？

又过了一会儿，为了辞旧迎新而在国外旅行的老人大女儿可能是听到了语音留言，给她打来了电话。虽然正在抓紧打听回国的机票，但是听说因为暴雪很多航班都停飞了。"妈妈，还活着吧？"女儿的声音很急迫。

每当老人的呼吸间歇性暂停的时候，和氧气呼吸机相连的机器就会发出"哗"的警报声。就像那些犹豫彷徨中的人一样，离开还是留下？到底是离开，还是留下来呢？是什么紧紧抓住老人的脚腕不让老人离开呢？她很好奇。是生活？是子女？还是恐惧？

"请再等一等，您的孩子们马上就赶来了。"没想到能从她的嘴里流露出这样亲切的话语，她自己也有些惊慌。

她和老人之间不是可以进行亲切交谈的关系。老人在还有些气力的时候，总是对她喊着"大妈、大妈"。

老人不知道她的名字，这一点她也一样。但其实每次吃药或者要接受 X 光检查时，她都要确认患者的名字，所以她并不是完全不知道老人的名字。只不过她一天的大部分时间里，都会忘记老人的名字，认为也没有记住的必要。她对老人年轻时是个怎样的人，是什么时候和丈夫诀别的，住院之前又和谁在一起生活等，一点都不关心。同样地，老人也毫不关心她是怎样的人，为什么来这里工作，在家乡有谁等待着她。从这个角度看，她们之间的关系是公平的。

那天的暴雪丝毫没有要停下的迹象。老人身边一个家人都没有，看上去就要这样孤独地躺在这里离开人世。不发脾气、不骂人的老人，就像一头年老患病的驯鹿一样。

也许是因为看到了此情此景，她觉得老人既然想要坚持下去，要是能再稍微坚持一会儿，坚持到看女儿们一眼该有多好啊。

"还……您还活着吧？"

孩子们应该正迎着暴风雪向这边飞奔而来。如果人去世了，身体上的肌肉会随着颌关节和颈椎慢慢变得僵硬，紫色的尸斑也会像春花一样在全身绽放。希望老人的孩子们能在老人的身体变僵硬之前赶到。

也许只是希望能向老人传达自己最后的问候，她把毛巾沾湿了，开始擦拭老人的脸庞。老人紧闭的双眼上还粘着眼屎。

"那个人真的是突然去世的呢。"她一边擦着老人的眼屎，一边小声说着。

丈夫突然离世后，她没对任何人提起过丈夫的事。虽然老人绝对不会对她的生活感兴趣，但此时的老人已经不再是那个和她拌嘴吵架的老人了。她有很多时间，现在唯一要做的只是在老人身边等着老人的孩子们来。所以即便在老人面前谈论自己的生活，老人也不会对她破口大骂。

"丈夫虽然患有心绞痛，但是一直都随身带着药，谁也没想到他会突然那样死掉了。"她继续说着，"他说要去登山，就出门了。但是别说到山顶了，他坐在公交车的椅子上，就那样突然咽气了。"

老人没有说话。

"真奇怪，怎么可能有人会那么突然地死去呢？"随着湿毛巾的来回擦拭，老人下巴上的肉也跟着一起晃动。

"那时我在老家，那个人走得太突然了，都没来得及见最后一面。"她沿着下巴开始擦拭老人的脖子和耳廓，"这么看来，奶奶真是活了很久啊。虽然我的话听起来有些遗憾，但是您真的是活了很久了。"她接着说，"孩子们应该很辛苦吧。"

事实上，她喜欢的不是她的丈夫，而是她的朋友。他是她工作过的铁路配件厂的主任。

"那个人是因为政府的政策才在工厂里工作的，和其他职员不同，他经常读一些很深奥的书，还会演奏其他国家的乐器。"

湿毛巾碰到了老人稀疏的头发，老人仿佛不耐烦似的皱起了眉。

当时留着短发的她，在主任面前总是害羞地把头发撩到耳后。不仅如此，她还经常被主任的笑话逗得脸红耳热。他们总是在下午四点工厂的工作结束后，一起骑着自行车下班。但是他有未婚妻，后来也是他给她介绍了之后的丈夫。"主任和未婚妻应该很般配吧。"但是，她和丈夫之间却没有什么共同点，两个人只是因为婚期到了才结婚的。她后来也常常扪心自问，即使是自己单方面的爱

恋，也想维持和初恋的缘分吧？当然，对于这个心思，
她没告诉过任何人。

听到有人走近的脚步声，她以为是老人的孩子到了，
其实是护士走进了病房。护士察看了老人的状态后，记录
了数据，没有跟她说一句话就径直走出了病房。通过病房
门，她看到收银台的基层职员拿着一个巨大的兰花花瓶吃
力地在走廊里走着。

因为老人很久没戴文胸了，所以当她掀开老人的上衣
时，乳房一下子就从病号服里露了出来。她用湿毛巾擦拭
着老人的乳房和腋下。一年来，她第一次发现老人萎缩的
左乳房上有个斑点。

老人的家人们仍未赶到。她直起腰来站在窗边，静静
地看着窗外。西式造型的建筑上总是容易积雪，除雪车在
道路的两边来回穿梭，堆在树枝上的积雪被风吹得哗啦啦

飘散在空中。她轻轻地把额头贴在玻璃窗上，靠在玻璃窗上的背影看起来就像头濒临灭绝的海豹。因为供暖太足，病房里热得厉害，空气也非常浑浊。

她家乡的冬天十分寒冷，但家乡的名字中有个"春"字。人们都说不是因为春天很长，而是因为春天太短了，很可惜，才起了这个名字。巧合的是，她丈夫的名字里也有"春"。很久以前，当这里被称为"机遇之地"时，丈夫把她和女儿留在家乡，一个人先来到了这个国家。他长期在餐厅里剥鱼皮，同时也在市中心的建筑工地里工作，建造一座吸引资本而投建的超高层建筑。丈夫作为非法滞留者，在这个国家坚持了很长时间，每天不分日夜地辛苦打工挣钱，身边既没有家人也没有朋友陪伴，也不能中途回家探望父母。谁也没想到，他在坚持了多年之后、终于可以稍稍喘息的时候，会走得那么突然。

她望着窗户上映出的老人的身影。被单下面露出了一半老人瘦小的脚，或许丈夫走的时候也是这个样子吧。想着想着，她顿时害怕起来。人们无一例外地，都是以同样的方式死去。她和丈夫的关系不是特别好，因为本来也不是她非常喜欢的人，他们作为一对既不亲密也不疏远的夫妻，多年以来就这么无风无浪地在一起慢慢变老。不久后，她的家乡也随之慢慢衰落了——由于市场开放，人们都梦想着可以一夜暴富，所以为了追逐金钱和梦想，越来越多的人选择离开家乡，渐渐消失在了远方。

"丈夫说过，他要赶上这趟市场开放的末班车，在还有机会的时候离开这里，去赚笔大钱。"

丈夫说这话的时候，她感到一种微妙的轻松感。

"当想起了那天从电话里听到那个人突然死去的消息……"这次不是轻松感，是负罪感。

电话铃响了。

"国道上发生了四车追尾事故。"再次打来电话的女儿哽咽着说道。

夜深了。

"看来今天谁也不会来了。"挂断电话后，她对着老人说。

病房的门没有关，她看到走廊里同样身穿病号服的其他老人，坐在轮椅上缓慢地推着车来来回回，就像热带鱼群一样，还看见戴着呼吸器的老人艰难地喘着粗气。不对，其实她真正看见的是患者衣袖上印有的菱形样式的锁链状医院标志，看见的是老人插着输液管的手背上鼓起的青色血管。

她实在饿得不行了，于是开始在病房的冰箱里翻找。找到了不知谁买的草莓，原本清香的草莓都被压烂了。还是因为草莓放的时间太长，便这样了。她用水果刀把压坏的地方剜掉，将剩下的果肉放进嘴里狼吞虎咽起来。草莓非常香甜。暖气很足的医院和外面的冰天雪地好像是被完全隔绝的两个世界，显得如此不真实。

"今晚千万不要走啊……"她对老人说，"不要在今夜消失啊。"

纷飞的雪片不停地敲打着玻璃窗，就像催促着老人快去它们的世界的幽灵一样。她不知道搅乱她心绪的是黑暗，死亡，还是生活。没有人入住的冬季民宿里全部是一片漆黑，看起来死气沉沉的。第一次来医院的时候，她觉得医院附近建得一模一样的石屋非常新奇，和西洋画中的房子一样。此时，满是积雪的风景也显得异常宁静和温暖。不久前，教会的人士送来的圣诞卡片里也有这样的风景。卡片上的祝福语非常大众化，可以用来祝福每一个人，因此收到贺卡的所有人都"失去了个性"，只是简单的辞旧迎新罢了。

这是一个无论是谁都会将过去抛在脑后、期待即将到来的明年的夜晚；一个与其谈论失败，不如谈论希望的夜晚；一个雪花纷飞，仿佛可以掩盖过错，就像一份祝福和一份安慰的夜晚。老人勉强地喘着气，而她则躺在老人旁边的简易床上。不一会儿，她又想到老人很有可能还没来得及看见自己的孩子们就去世了。如果她是唯一一个陪在老人身边直到最后一刻的人，她想好好地送走老人，不让老人有被抛弃了的感觉。

"我在这儿。"

她开始和老人说话，让老人能在黑暗中感觉到她的存在。她虽然想让老人尽可能地回想起一些幸福美好的往事，但她对老人的了解少之又少，只好从自己的经历中费尽心思地找到一个可以让老人也感到幸福的回忆。那便是，在女儿出生前，有关一个夏夜的记忆。

那真是异常酷热的一天啊。因为天气炎热，她和丈夫都没有什么胃口，早早地吃过晚饭后就去广场散步了。广场上总是挤满了运动的人和跳舞的人。那天晚上，她和丈夫第一次一起跳了一支舞。音乐声、笑声萦绕在广场上，让人记忆犹新。

"那天真的是非常炎热。"

老人喘着粗气，而她又继续讲着。回忆着很久之前的那一天，她和丈夫在广场上跳舞，丈夫的手非常笨拙地搂着她的腰。虽然有些细节回忆不起来了，但是那天她和丈夫肯定有随着音乐声翩翩起舞。"一、二、三，一、二、三……"那天他们跳的不可能是华尔兹，但是在她的记忆中，他们是按照"一、二、三，一、二、三"这样的四分之三的节拍跳的舞。除了舞步，记忆中还有那从丈夫的肩膀处慢慢消失的玫瑰色夕阳。

在她讲述往事的时候，某个屋檐下的老人就如同婴儿一般放声痛哭。这让她联想到，每一个婴儿在刚出生的时候，脸上的皮肤皱得也像一张老人的脸一样。这就是冥冥之中生与死的一种轮回吧。

每当病房外有脚步声接近时，她都会停止说话，仔细听是不是老人的孩子们到了。判断出不是后，她又开始继续讲下去。

在那个雪夜，病房里分明发生了什么事，但又好像什么事都没发生。

窗外的雪一直下着。

北京市版权局著作合同登记号：图字01-2022-0141

Text by Sou Linne Baik/白秀麟, 2019
Illustrations by Madame Lolina/朱贞兒, 2019
The simplified Chinese translation is published by Rentian Ulus(Beijing)
Cultural Media Co.,LTD arrangement with Maumsanchaek Publisher through
Rightol Media in Chengdu.
本书中文简体版权经由锐拓传媒取得(copyright@rightol.com)。

图书在版编目（CIP）数据

不要在今夜消失 / (韩) 白秀麟著 ; (韩) 朱贞儿绘;
杨佩译. -- 北京：台海出版社, 2022.4
ISBN 978-7-5168-3259-2

Ⅰ.①不… Ⅱ.①白… ②朱… ③杨… Ⅲ.①短篇小
说－小说集－韩国－现代 Ⅳ.①I312.645

中国版本图书馆CIP数据核字(2022)第051581号

不要在今夜消失

著　者：〔韩〕白秀麟	绘　者：〔韩〕朱贞儿	译　者：杨 佩

出 版 人：蔡　旭　　　　　　　　　封面设计：周含雪
责任编辑：戴　晨　　　　　　　　　策划编辑：李芳妮

出版发行：台海出版社
地　　址：北京市东城区景山东街 20 号　　邮政编码：100009
电　　话：010-64041652（发行、邮购）
传　　真：010-84045799（总编室）
网　　址：www.taimeng.org.cn/thcbs/default.htm
E - m a i l：thcbs@126.com

经　　销：全国各地新华书店
印　　刷：北京金特印刷有限责任公司
本书如有破损、缺页、装订错误，请与本社联系调换

开　　本：880 毫米 × 1230 毫米　　　　1/32
字　　数：126 千字　　　　　　　　　印　张：8
版　　次：2022 年 4 月第 1 版　　　　印　次：2022 年 6 月第 1 次印刷
书　　号：ISBN 978-7-5168-3259-2

定　　价：49.00 元